Die Geschichte von den sieben Gehenkten

Leonid Nikolajewitsch Andrejew

Impressum

Autor: Leonid Nikolajewitsch Andrejew
Übersetzung: Lully Wiebeck
Umschlagkonzept: toepferschumann, Berlin

Verlag: tredition GmbH, Hamburg
ISBN: 978-3-8424-0277-5
Printed in Germany

Tucholsky Wagner Zola Scott Sydow Freud Schlegel
Turgenev Wallace Fonatne

Twain Walther von der Vogelweide Fouqué Friedrich II. von Preußen
Weber Freiligrath Frey

Fechner Fichte Weiße Rose von Fallersleben Kant Ernst Frommel
Hölderlin Richthofen

Engels Fielding Eichendorff Tacitus Dumas
Fehrs Faber Flaubert

Maximilian I. von Habsburg Fock Eliasberg Zweig Ebner Eschenbach
Feuerbach Ewald Eliot Vergil

Goethe Elisabeth von Österreich London
Mendelssohn Balzac Shakespeare Dostojewski Ganghofer
Lichtenberg Rathenau Doyle Gjellerup
Trackl Stevenson Hambruch
Mommsen Tolstoi Lenz Droste-Hülshoff
Dach Thoma Hanrieder
von Arnim Hägele Hauff Humboldt
Verne
Reuter Rousseau Hagen Hauptmann Gautier
Karrillon Garschin
Damaschke Defoe Hebbel Baudelaire
Descartes Hegel Kussmaul Herder
Wolfram von Eschenbach Schopenhauer
Darwin Dickens Rilke George
Bronner Melville Grimm Jerome
Campe Horváth Aristoteles Bebel Proust
Bismarck Vigny Barlach Voltaire Federer Herodot
Gengenbach Heine
Storm Casanova Tersteegen Gilm Grillparzer Georgy
Chamberlain Lessing Langbein Gryphius
Brentano Lafontaine
Strachwitz Claudius Schiller Kralik Iffland Sokrates
Katharina II. von Rußland Bellamy Schilling
Gerstäcker Raabe Gibbon Tschechow
Löns Hesse Hoffmann Gogol Wilde Gleim Vulpius
Luther Heym Hofmannsthal Klee Hölty Morgenstern
Roth Goedicke
Heyse Klopstock Kleist
Luxemburg Puschkin Homer Mörike
Machiavelli La Roche Horaz Musil
Navarra Aurel Musset Kierkegaard Kraft Kraus
Nestroy Marie de France Lamprecht Kind Kirchhoff Hugo Moltke
Laotse Ipsen Liebknecht
Nietzsche Nansen Ringelnatz
von Ossietzky Marx Lassalle Gorki Klett
May Leibniz
vom Stein Lawrence Irving
Petalozzi
Platon Knigge
Sachs Pückler Michelangelo Kock Kafka
Poe Liebermann Korolenko
de Sade Praetorius Mistral Zetkin

Leonid Andrejew

Die Geschichte von den sieben Gehenkten

1 9 2 7

Musarion Verlag München

I

Um ein Uhr mittags, Exzellenz ...

Mit größtmöglicher Schonung, jede Veranlassung zu schädlicher Aufregung vermeidend, suchte man dem Minister, der sehr korpulent und zu Schlaganfällen geneigt war, Mitteilung von einem Attentat, das auf ihn geplant wurde, zu machen. Der Minister nahm die Nachricht ruhig, sogar mit einem Lächeln auf, und man berichtete näheres: das Attentat war auf den folgenden Tag, wenn der Minister zum Vortrag ausfahren würde, festgesetzt worden. Nach Aussage eines Provokators sollten sich um ein Uhr mittags mehrere Terroristen, die zurzeit von Spionen scharf beobachtet wurden, vor dem Portal des Ministerpalais versammeln und den Minister mit Revolvern und Bomben erwarten. Hier würde man sie auch verhaften.

– Halt, sagte der Minister erstaunt, woher wissen sie, daß ich gerade um ein Uhr mittags zum Vortrage fahren werde, wo ich es selbst erst vorgestern erfahren habe?

Der Chef der Schutzwache zuckte die Achseln.

– Punkt ein Uhr mittags, Exzellenz ...

Halb betroffen, halb mit Bewunderung für die Polizei, die alles so vorzüglich bewerkstelligt hatte, schüttelte der Minister den Kopf und verzog die dicken, dunkeln Lippen zu einem grämlichen Lächeln. Mit demselben Lächeln, von dem Wunsche beseelt, die Polizei auch in weiterem nicht zu hindern, machte er sich gehorsam bereit und begab sich für die Nacht in ein bekanntes gastliches Palais. Auch seine Frau und beide Kinder wurden aus dem gefährdeten Hause, vor dem sich morgen die Bombenwerfer einfinden sollten, entfernt.

Solange in dem anderen Palais die Lichter brannten, bekannte, liebenswürdige Gesichter ihm zunickten, lächelten und entrüstet taten, befand sich der hohe Würdenträger in einem Gefühle angenehmer Erregung, als hätte man ihm eine große, unerwartete Auszeichnung verliehen, oder würde es sogleich tun. Aber man trennte sich, die Lichter erloschen, und durch die Spiegelscheiben fiel von draußen das elektrische Licht auf Fußboden und Wände, es gehörte nicht zu diesem Hause mit seinen Bildern, Statuen und seiner Stille, kam von der Straße und erweckte, selbst still und unbestimmt, den peinlichen Gedanken an die Nutzlosigkeit der Riegel, Mauern und Schutzwachen. Und hier, bei Nacht, in der Stille und Einsamkeit des fremden Schlafgemaches erfaßte den hohen Beamten unerträgliche Qual.

Er hatte etwas mit den Nieren, und bei jeder stärkeren Aufregung schwollen ihm Gesicht, Hände und Füße, was ihn noch größer, dicker und massiver erscheinen ließ. Jetzt, wo er sich wie ein Berg aufgetriebenen Fleisches über den zusammengepreßten Sprungfedern wölbte, fühlte er mit der Bitterkeit eines kranken Menschen sein geschwollenes, ihm gleichsam fremdes Gesicht und dachte unausgesetzt an das harte Geschick, welches die Menschen ihm bestimmt hatten. Er entsann sich nacheinander aller kürzlich stattgefundenen grauenvollen Ereignisse, wo man auf Leute seines Standes und noch höher gestellte Persönlichkeiten Bomben geworfen hatte. Die Bomben hatten den Körper in Fetzen gerissen, das Gehirn spritzte gegen schmutzige Backsteinwände, die Zähne flogen aus ihrem Gehege. Die Folge dieser Rückerinnerungen war, daß ihm der eigene kranke, ausgestreckte Leib bereits fremd, wie von der Kraft der Explosion getroffen, vorkam. Schon fühlte er deutlich, wie sich die Arme an den Schultern vom Rumpfe lösten, die Zahne ausfielen, das Gehirn in Stücke ging, die Füße erstarben und gehorsam dalagen, die Zehen nach oben, wie bei einem Toten. Er bewegte sich angestrengt, atmete laut und hustete, um ja nicht an eine Leiche zu erinnern, umgab sich mit dem hellen Klingen der Sprungfedern und raschelte mit der Decke; und als Beweis, daß er ganz lebendig, weit davon entfernt zu sterben war, wie jeder andere Mensch, rief er mit seiner Baßstimme laut und abgerissen durch die Stille und Einsamkeit des Schlafzimmers:

– Teufelskerle! – Teufelskerle! – Teufelskerle!

Damit meinte er die Spitzel, Polizisten und Soldaten, die sein Leben schützten und ihn so vorsorglich und rechtzeitig vom Attentat in Kenntnis gesetzt hatten. Während er sich hin und her wälzte, seine Retter lobte und sich zu einem geringschätzigen Lächeln zwang, das seinen Spott über die Terroristen, diese dummen Pechvögel, ausdrücken sollte – glaubte er doch nicht fest an seine Rettung, war nicht ganz sicher, ob man ihm nicht doch noch das Leben nehmen würde. Der Tod, den die Menschen ihm zugedacht hatten, und der ja nur in ihrer Idee existierte, schien hier zu stehen und würde hier stehen, bis man die Attentäter gefangen, der Bomben beraubt und in festes Gewahrsam gebracht hatte. Dort, in diesem Winkel, stand er und rührte sich nicht, durfte es nicht, wie ein gehorsamer Soldat, der auf höheren Befehl Schildwache steht.

– Um ein Uhr mittags, Exzellenz ... ertönte es in allen Nuancen: bald heiter spöttisch, bald bedauernd, bald eigensinnig und dumm. Als hätte man hundert Grammophone in seinem Schlafzimmer aufgezogen, die mit dem Idioteneifer der Maschine die anbefohlenen Worte herausschrien:

– Um ein Uhr mittags, Exzellenz ...

Und dieses morgige »ein Uhr mittags«, das sich vor kurzem durch nichts von jeder anderen Tageszeit unterschieden hatte und nur eine langsame Bewegung des Zeigers auf dem Zifferblatt seiner goldenen Uhr bedeutete, war plötzlich ein unheilvolles Faktum geworden, aus dem Zifferblatt gesprungen, lebte für sich weiter, dehnte sich wie ein langer schwarzer Stab in die Länge, das Leben in zwei Hälften teilend. Als existiere vor- und nachher keine andere Stunde, und nur diese eine hätte frech und anmaßend das Recht auf ein gesondertes Dasein.

– Was willst du von mir? fragte der Minister wütend.

Die Grammophone schmetterten:

– Um ein Uhr mittags, Exzellenz ... Und der schwarze Stab verbeugte sich grinsend. Zähneknirschend richtete sich der Minister im Bett auf und stützte das Gesicht in die Hand. Mit dem Schlaf war es in dieser abscheulichen Nacht endgültig vorbei.

Das Gesicht zwischen den gerungenen, parfümierten Händen, stellte er sich mit erschreckender Deutlichkeit vor, wie er am nächsten Morgen nichtsahnend aufgestanden wäre, nichtsahnend seinen Kaffee getrunken und sich darauf im Vorzimmer angekleidet hätte. Weder er, noch der Portier, der ihm den Pelz hielt, noch der Lakai, der ihm den Kaffee servierte, hätten gewußt, wie witzlos es war, Kaffee zu trinken und den Pelz anzuziehen, wenn doch ein paar

Augenblicke nachher dies alles – der Pelz und sein Leib und der Kaffee darin – durch eine Explosion vernichtet wurde. Der Portier öffnet die Glastür, der liebe, brave, freundliche Portier mit den hellblauen Soldatenaugen und den Orden über die ganze Brust, öffnet mit eigener Hand die schreckliche Tür – öffnet sie, weil er nichts ahnt. Alle lächeln, weil sie nichts ahnen. –

– Oho, sagte er plötzlich laut und zog die Hände vom Gesicht. Mit angespanntem Blick vor sich ins Dunkel starrend, streckte er langsam die Hand aus, tastete nach dem Knopf und drehte das Licht auf. Dann erhob er sich und durchwanderte aus dem Teppich ohne Pantoffeln, mit bloßen Füßen, das fremde, ungewohnte Schlafgemach, fand den Knopf der Wandlampe und entzündete auch diese. Jetzt war es hell und behaglich, und nur das verwühlte Bett mit heruntergerutschter Decke redete von eben erst überstandenem Entsetzen.

In Nachtwäsche, mit vom unruhigen Liegen wirrem Bart und bösen Augen sah die hohe Persönlichkeit nicht anders aus als jeder andere verärgerte Greis, der an Schlaflosigkeit und Atemnot leidet. Als hätte ihn der Tod, welchen die Menschen für ihn bestimmt hatten, entkleidet und von all dem Prunk und der imposanten Herrlichkeit seiner Umgebung losgerissen. Kaum zu glauben war's, daß er so viel Macht besaß, daß dieser gewöhnliche menschliche Körper im Feuer und Getöse einer gewaltigen Explosion umkommen mußte. Unangekleidet, ohne Kälte zu empfinden, setzte er sich in den ersten besten Lehnstuhl, stützte den wirren Bart in die Hand und starrte in tiefen Gedanken zur reichen Stukkatur der Stubendecke hinaus.

– Aha, das war's! Das also beunruhigte ihn. Darum stand der Tod in der Ecke und rührte sich nicht, durfte sich nicht rühren.

– Esel! sagte er verächtlich und mit Nachdruck.

– Esel! wiederholte er noch lauter und wandte den Kopf zur Tür, damit die, auf welche es sich bezog, es hören konnten. Und zwar bezog es sich auf die, welche er vor kurzem »Teufelskerle« genannt hatte, und die ihm in ihrem Übereifer von dem geplanten Attentat berichtet hatten.

– Nun natürlich, sagte der Minister, und seine Gedanken lenkten plötzlich in ruhigere Bahnen ein. – Jetzt wo sie es mir gesagt haben, weiß ich es und fürchte mich. Sonst hätte ich nichts gewußt und ruhig meinen Kaffee getrunken. Dann natürlich wäre der Tod gekommen – ja aber fürchte ich mich denn vor dem Tode? Meine Nieren sind krank, und sterben muß ich sowieso einmal, aber ich fürchte mich nicht, weil ich nicht weiß, wann es sein wird. Diese Esel! Mir zu sagen: Um ein Uhr mittags, Exzellenz ... und dabei bilden sie sich ein, ich würde mich freuen. Statt dessen steht der Tod in der Ecke und rührt sich nicht. Rührt sich nicht, weil es mein Gedanke ist. Nicht der Tod ist schrecklich, aber das Vorauswissen des Todes; kein Mensch könnte leben, wenn er ganz genau Tag und Stunde seines Sterbens vorauswüßte. Und diese Esel müssen mich vorbereiten: um ein Uhr mittags, Exzellenz ...

Ganz leicht und wohlig wurde ihm zumut, als ob er nie, nie sterben würde. Er fühlte sich wieder stark und klug unter dieser Herde Dummköpfe, die sich so witzlos in die Geheimnisse der Zukunft drängten, und mit dem schwerfälligen Sinn eines alten, kranken, vielgeplagten Menschen dachte er an das Glück der Ungewißheit. Keinem Lebewesen, weder Mensch noch Tier, sind Tag und Stunde seines Todes bekannt. Vor kurzem war er krank gewesen, die Ärzte hatten ihn aufgegeben und aufgefordert, seine letzten Bestimmungen zu treffen. Er aber glaubte ihnen nicht und war wirklich am Leben geblieben. In jungen Jahren war er einmal in arge Verlegenheit geraten und hatte beschlossen, seinem Leben ein Ende zu machen; der Revolver lag bereit, Briefe waren geschrieben, die Stunde für den Selbstmord war bestimmt – da, kurz vorher hatte er sich eines anderen besonnen. Im letzten Moment konnte sich noch immer etwas ändern, ein unerwartetes Ereignis konnte eintreten, weshalb niemand voraus weiß, wann er sterben wird.

– Um ein Uhr mittags, Exzellenz ... hatten ihm diese beflissenen Esel gesagt. Obschon sie es nur getan, weil dem Tode vorgebeugt war, so erfüllte ihn der bloße Gedanke an eine mögliche Stunde mit Entsetzen. Sehr wahrscheinlich würden sie ihn doch noch einmal umbringen, jedenfalls aber nicht morgen – morgen nicht – er konnte ruhig schlafen, wie ein Gefeiter. Esel! Sie wußten nicht, welch großes Gesetz sie von der Stelle gerückt, welchen Vorhang sie mit ihrem idiotisch beflissenen »um ein Uhr mittags, Exzellenz« gelüftet hatten.

– Nein, nicht um ein Uhr mittags, ganz ungewiß, wann. Ganz ungewiß, wann, wie?

– Nichts, antwortete die Stille.

– Nein, du sagtest da etwas.

– Unsinn! Ich sage: morgen um ein Uhr mittags.

Und mit jähem, stechendem Schmerz im Herzen begriff er, daß Schlaf und Gemütsruhe nicht eher zu ihm zurückkehren würden, als bis diese verfluchte schwarze, aus dem Zifferblatt gesprungene Stunde vorüber war. Nur der Schatten dessen, was kein Mensch wissen darf, stand dort in der Ecke und war genügend, dem Menschen das Licht zu rauben, ihn mit dem undurchdringlichen Dunkel des Entsetzens zu umgeben. Die einmal geweckte Todesfurcht überlief den ganzen Körper, setzte sich in den Knochen fest und streckte ihr blasses Gesicht aus jeder Pore. Jetzt fürchtete er sich schon nicht mehr vor seinen Mördern – die waren verschwunden, vergessen, vermischten sich mit der Unzahl feindlicher Gesichter und Erscheinungen, die ihn sein Leben lang umgaben, – sondern vor etwas anderem, Plötzlichem, Unvermeidlichem, einem Schlaganfalle, Herzschlag ... irgendeine dumme, feine Aorta hielt plötzlich nicht mehr dem Andrange des Blutes stand und platzte wie ein zu straff gezogener Handschuh an dicken Fingern.

Sein kurzer, fetter Hals beängstigte ihn, der Anblick der gedrungenen Finger wurde ihm unerträglich. So kurz waren sie, so voll von dieser todbringenden Flüssigkeit ... Wenn er sich vorher im Dunkel bewegen mußte, um nicht tot zu erscheinen, so war es ihm jetzt unmöglich, die Hand auszustrecken, nach einer Zigarette zu greifen oder zu klingeln. Seine Nerven strafften sich. Jeder Nerv glich einem verbogenen, sich bäumenden Draht mit kleinem Kopf an der Spitze, dessen blöde Augen vor Entsetzen herausquollen, während der stumme, krampfhaft aufgerissene Mund nach Luft schnappte. – Luft! – Luft! –

Und plötzlich schrillte in der Dunkelheit irgendwo an der Decke zwischen Staub und Spinngewebe die elektrische Klingel. Das kleine Zünglein schlug hastig gegen die Metallschale, schwieg eine

Weile und erbebte von neuem in namenlosem Entsetzen. Seine Exzellenz schellte vom Schlafzimmer.

Die Leute liefen zusammen. Hier und da flammten einzelne Lämpchen am Kronleuchter und an der Wand auf – zu wenig, um Helligkeit zu geben, genügend, um die Schatten zu wecken. Überall tauchten sie auf, hoben sich aus den Winkeln, huschten über die Decke, klammerten sich an jede Erhöhung und lehnten sich gegen die Wände. Unbegreiflich war es, wo sich vorher all diese zahllosen, verkrüppelten, schweigenden Schatten – die sprachlosen Seelen sprachloser Dinge – aufgehalten hatten.

Jemand redete laut mit tiefer, vibrierender Stimme. Dann telephonierte man dem Arzt: der Minister fühle sich unwohl. Auch die Gemahlin seiner Exzellenz wurde herberufen.

II

Zum Tode durch den Strang

Die Polizei hatte richtig prophezeit. Vier Terroristen, drei Männer und eine Frau, wurden mit Bomben und Revolvern bewaffnet am Eingang zum Ministerpalais verhaftet, eine fünfte Person arretierte man im Verschwörungsquartier, von dem sie die Wirtin war. Dabei wurden Dynamitmengen, halb gefüllte Bomben und Waffen konfisziert. Alle Verhafteten waren sehr jung. Der älteste von den Männern zählte achtundzwanzig, die jüngere der Frauen neunzehn Jahre. Man vernahm sie in derselben Festung, wo sie nach der Verhaftung eingesperrt worden waren, vernahm sie schnell und geheim, wie das in dieser schonungslosen Zeit üblich war.

Vor Gericht waren alle fünf ruhig, nur sehr ernst und nachdenklich. So groß war ihre Verachtung für den Richter, daß sie es verschmähten, mit überflüssigem Lächeln oder gemacht fröhlicher Miene ihren Mut zu betonen. Ihre Ruhe genügte gerade, um ihre Seele und die großen Todesschauer vor fremdem, feindlich bösem Blick zu verbergen. Einmal verweigerten sie die Antwort, das andere Mal antworteten sie kurz, einfach und bestimmt, als handele es sich darum, irgendwelche statistischen Tabellen auszufüllen.

Drei, eine Frau und zwei Männer, nannten ihre Namen, die übrigen zwei nicht, und blieben für die Richter Unbekannte. Für alles, was auf dem Gericht geschah, äußerten sie jene gedämpfte, verschleierte Neugier, die man entweder bei Schwerkranken oder Menschen, die von einem großen, alles überragenden Gedanken erfüllt sind, findet. Jäh aufblickend erhaschten sie im Fluge irgendein Wort, das ihnen interessanter als die übrigen erschien – und spannen dann ihren Gedanken von dem Punkt, wo er stehen geblieben, weiter.

Den Richtern zunächst saß einer von denen, die ihren Namen genannt hatten: Ssergei Golowin, der Sohn eines verabschiedeten Obersten, selbst gewesener Offizier, ein noch ganz junger, hochblonder, breitschultriger Bursche; er hatte eine so unverwüstliche Gesundheit, daß weder das Gefängnis, noch die Erwartung des sicheren Todes die Farbe von seinen Wangen und den Ausdruck kindlich glücklicher Naivität aus seinen hellblauen Augen bannen konnten. Die ganze Zeit zupfte er energisch an seinem blonden Bärtchen und blickte fortwährend blinzelnd und zwinkernd zum Fenster.

Es war zu Ende des Winters, und der nahende Frühling hatte mitten in Schneegestöber und trübe Frosttage hinein als Vorläufer einen hellen warmen Sonnentag, vielleicht auch nur eine Stunde, geschickt, aber so frühlingsmäßig, so lebensdurstig und leuchtend, daß die Spatzen auf der Straße den Verstand verloren, und die Menschen wie berauscht einhergingen. Durch die staubigen, seit dem vorigen Sommer nicht gewaschenen oberen Scheiben eines Fensters konnte man den eigenartig schönen Himmel sehen. Auf den ersten Blick erschien er milchig grau, aber wenn man länger hinsah, trat allmählich die Bläue hervor, er wurde immer blauer, tiefer, leuchtender und weiter. Und weil er sich nicht auf einmal offenbarte, sondern sich zart mit dem Dunst durchsichtiger Wolken verhüllte, war er einem so lieb wie das Mädchen, das man gern hat. Ssergei Golowin blickte zum Himmel auf, zupfte an seinem Bärtchen, kniff das eine, dann das andere Auge mit den langen, dichten Wimpern zu und schien angestrengt über etwas nachzudenken. Einmal bewegte er sogar die Finger und runzelte gleichsam erfreut die Stirn. Doch als er sich umsah, erlosch die Freude wie ein Funken, auf den man mit dem Fuß tritt. Und fast im selben Moment schimmerte durch die Wangenröte ohne Übergang bläuliche Leichenfarbe, und zwischen den weiß gewordenen Fingerspitzen saß fest eingeklemmt, wie in einem Schraubstock, ein krauses, mit der Wurzel ausgerupftes Härchen. Allein die Freude am Leben und der Frühling waren stärker, und nach einigen Minuten wandte sich das frühere naive, junge Gesicht dem Frühlingshimmel zu.

Dahin blickte auch das unbekannte, blasse junge Mädchen mit Vornamen Mußja. Jünger als Golowin, erschien sie älter durch die Strenge ihrer Gesichtszüge, die Schwärze der geraden und stolzen Augen. Nur der sehr dünne, zarte Hals und die ebenso dünnen Mädchenarme redeten von ihrem Alter, sowie jenes undefinierbare Etwas, das die Jugend selbst ist und hell und melodisch, seinen musikalischen Gehalt verratend, aus ihrem reinen, wie ein kostbares Instrument gestimmten Organ, aus jedem Wort, jedem Ausruf erklang. Sie war sehr blaß. Es war aber nicht Totenblässe, sondern jene eigenartige, brennende Weiße, wenn im Menschen ein großes, starkes Feuer entfacht ist und den Körper von innen aus wie seines Sèvresporzellan durchleuchtet. Sie saß fast regungslos, und nur dazwischen befühlte sie mit dem Daumen kaum merklich die kleine Rille am Mittelfinger der rechten Hand, die Spur eines kürzlich abgestreiften Ringes.

Den Himmel sah sie ohne Innigkeit oder freundliche Erinnerung und nur aus dem Grunde an, weil in diesem schmutzigen Gerichtssaal das Stückchen blauer Himmel das einzig Schöne, Reine und Gerechte war.

Für Ssergei Golowin hatten die Richter ein menschliches Rühren, Mußja haßten sie.

Ebenso unbeweglich in etwas gemacht hochmütiger, korrekter Haltung, die Hände zwischen den Knien, saß ihr Nachbar, der Unbekannte, mit Vornamen Werner. Wenn sich ein Gesicht wie eine geheime Tür abschließen läßt, so hatte der Unbekannte sein Gesicht wie eine eiserne Tür verschlossen und ein ehernes Schloß davor gehängt; er blickte starr auf die Bretterdiele vor sich, so daß man nicht erkennen konnte, ob er ruhig oder namenlos aufgeregt war, an etwas dachte oder den Aussagen der Spione lauschte. Er war mittelgroß, mit edlen, feinen Gesichtszügen. Unwillkürlich mußte man bei seinem Anblick an Mondnächte fern im Süden, an einen Meeresstrand mit Zypressen und ihrem schwarzen Schatten denken, während er zugleich das Gefühl enormer Seelenstärke, unerschütterlicher Festigkeit, kalten entschlossenen Mutes erweckte. Selbst die Höflichkeit seiner bündigen und genauen Antworten, die er mit leichten Verbeugungen begleitete, erschien gefahrdrohend in seinem Munde, und wenn der Arrestantenrock die anderen wie eine alberne Maskerade kleidete, so bemerkte man ihn an Werner überhaupt nicht, so wenig paßte dieses Gewand zu seinem Träger. Bei den anderen Terroristen hatten die Richter Bomben und Höllenmaschinen gefunden, bei ihm nur einen kleinen schwarzen Revolver; dessen ungeachtet hielt man ihn für die Hauptperson und wandte sich mit gewissem Respekt, kurz und sachlich, an ihn.

Der Nächstfolgende, Wassilij, Kaschirin, war nur aus Todesfurcht und dem verzweifelten Wunsch, diese Furcht zu unterdrücken und vor den Richtern zu verbergen, zusammengesetzt. Vom frühen

Morgen an, als man sie in den Gerichtssaal gebracht, wurde er von heftigem Herzklopfen und von Atemnot befallen; kalte Schweißtropfen standen auf seiner Stirn, die Hände waren naßkalt, das verschwitzte Hemd klebte am Körper und hemmte seine Bewegungen. Mit übernatürlicher Willensanstrengung unterdrückte er das Zittern der Hände, zwang seine Stimme zu Festigkeit, die Augen zu Ruhe. Er sah nichts. Die Stimmen drangen wie durch einen Nebel zu ihm, und in diesen Nebel zurück schickte er mit verzweifelter Anstrengung seine möglichst lauten Antworten. Kaum geantwortet, hatte er bereits Frage und Antwort vergessen und kämpfte furchtbar. So deutlich sprach der Tod aus ihm, daß die Richter es vermieden, ihn anzusehen. Es wäre schwer gewesen, sein Alter zu bestimmen, wie bei einer Leiche, die sich aufzulösen beginnt. Nach seinem Paß zählte er dreiundzwanzig Jahre. Ein paarmal berührte Werner sein Knie, und jedesmal antwortete Wassilij nur:

– Es geht! –

Am schrecklichsten wurde es, als ihn plötzlich der unbezähmbare Wunsch zu schreien überkam – wortlos, verzweifelt zu schreien, wie ein Tier.

Da berührte er Werner leicht, und dieser antwortete leise, ohne aufzusehen: Nichts, nichts, Waßja. Es ist bald zu Ende.

Alle mit mütterlich sorgendem Blick umspannend, verging die fünfte von den Terroristen, Tanja Kowaltschuk, vor Unruhe. Sie hatte keine Kinder, war noch sehr jung und rotwangig wie Ssergei Golowin, erschien aber wie die Mutter all dieser jungen Leute: so besorgt, so unendlich liebevoll waren ihre Blicke, ihr Lächeln, ihre Angst. Dem Gericht schenkte sie als etwas gleichsam Indifferentem keine Beachtung und hörte nur auf die Antworten der anderen: Zitterte da nicht eine Stimme? – Fürchtete sich da jemand? Sollte man nicht Wasser reichen?

Waßja konnte sie vor Kummer nicht ansehen und knackte nur ganz leise die runden Finger. Mußja und Werner beobachtete sie mit Stolz und Respekt, wobei ihr Gesicht ernst und verschlossen wurde. Ssergei Golowin versuchte sie zuzulächeln.

– Er sieht den Himmel an, der liebe Junge! Sieh ihn nur an, mein Lieber, dachte sie.

– Aber Waßja! Was ist mit ihm, mein Gott! Was fange ich nur mit ihm an? soll ich ihm etwas sagen? Am Ende wird es noch schlimmer, und er fängt mir plötzlich zu weinen an.

Und wie ein stiller Weiher beim Morgenrot jede dahingleitende Wolke widerspiegelt, so spiegelte ihr rundes, liebes, gutes Gesicht jede schnelle Regung, jeden Gedanken dieser vier wider. Daß man sie auch verurteilen und hängen würde, daran dachte sie gar nicht – das ließ sie vollständig kalt. Bei ihr in der Wohnung hatte man das Dynamit- und Bombenlager entdeckt, und wie seltsam es auch klingen mag, sie hatte die Polizei mit Revolverschüssen empfangen und einen Spion am Kopf verwundet.

Um acht Uhr, als es zu dunkeln begann, war die Gerichtssitzung zu Ende. Unaufhaltsam erlosch der blaue Himmel vor Mußjas und Golowins Augen. Er rötete sich nicht, lächelte nicht leise, wie an Sommerabenden, wurde trübe, kalt, winterlich. Golowin seufzte, reckte sich, blickte noch ein paarmal zum Fenster, aber dort stand bereits das kalte Dunkel der Nacht. Unausgesetzt an seinem Bärtchen zupfend, musterte er mit kindlicher Neugier die Richter und die Soldaten mit den Flinten und lächelte Tanja Kowaltschuk zu.

Als der Himmel verblaßt war, ließ Mußja den Blick nicht zu Boden sinken, sondern richtete ihn auf eine Ecke, wo sich ein Spinngewebe im leisen Luftzuge der Zentralheizung schaukelte, und blieb so bis zur Verlesung des Todesurteils.

Nach Verlesung desselben verabschiedeten sich die Angeklagten von ihren Verteidigern, wobei sie deren kläglich verwirrten Blicken auszuweichen suchten. Darauf drängten sie sich einen Augenblick lang in der Tür zusammen und tauschten ein paar Worte.

– Tut nichts, Waßja. Bald ist es zu Ende, sagte Werner.

– Ich fürchte mich gar nicht. Es geht mir ganz gut, antwortete Kaschirin laut und ruhig, beinahe fröhlich. Sein Gesicht hatte sich in der Tat leicht gerötet und glich nicht mehr dem eines verwesenden Leichnames.

– Teufel noch einmal, gehängt wird man! schimpfte Golowin naiv.

– Das war zu erwarten, erwiderte Werner ruhig.

– Morgen wird das Urteil in endgültiger Form proklamiert, und dann werden wir zusammengetan und bleiben bis zur Hinrichtung zusammen, tröstete Tanja Kowaltschuk.

Mußja schwieg. Dann ging sie entschlossen voran.

III

Man soll mich nicht hängen!

Zwei Wochen vor dieser Verhandlung hatte dasselbe Kriegsgericht, nur in einer anderen Zusammensetzung, einen Bauern namens Jan Janson zum Tode durch den Strang verurteilt.

Jan Janson war Knecht bei einem wohlhabenden Pächter gewesen und unterschied sich durch nichts Besonderes von dieser Sorte Lohnarbeiter. Este von Geburt, aus Wesenberg stammend, war er im Laufe einiger Jahre von einem Bauernhof zum andern übergegangen und auf diese Weise der Hauptstadt immer näher gekommen. Russisch sprach er sehr schlecht, und da sein Wirt, ein gewisser Lasarew, Russe war und sich in der Nähe keine Esten befanden, hatte Janson fast zwei Jahre lang geschwiegen. Er war überhaupt nicht gesprächiger Natur und schwieg in Gesellschaft von Menschen und Tieren. Schweigend tränkte er sein Pferd, schweigend schirrte er es an, während er langsam und träge mit kleinen, unsicheren Schrittchen herumtappte. Wenn das Pferd, mit diesem Schweigen unzufrieden, nicht mehr stehen wollte, schlug er es schweigend mit der Peitsche. Er schlug es heftig, mit kalter Verbissenheit; war er noch dazu betrunken, so geriet er in blinde Raserei. Dann drang das Klatschen der Peitsche und das stete peinvolle Getrappel auf dem gedielten Fußboden der Scheune bis zum Wohnhause hinüber. Der Wirt prügelte Janson dafür, daß er das Pferd schlug. Das änderte aber nichts, und so ließ er es sein.

Ein- oder zweimal im Monat betrank sich Janson. Meist geschah das an den Tagen, wenn er den Wirt zu der größeren Eisenbahnstation, die ein Büfett hatte, brachte. Nachdem er seinen Herrn abgesetzt hatte, fuhr er eine halbe Werst von der Station fort und erwartete dort mit Pferd und Schlitten, abseits vom Wege, im tiefen Schnee steckend, den Abgang des Zuges. Der Schlitten lag schief auf eine Seite geneigt, das Pferd stand mit gespreizten Beinen bis zum Bauche im Schnee und ließ ab und zu die Schnauze sinken, um den weichen, lockeren Schnee zu lecken. In halb liegender, unbequemer Haltung dämmerte Janson vor sich hin. Die losgebundenen Ohrklappen an seiner schäbigen Pelzmütze hingen schlaff wie die

Ohren eines Hühnerhundes herunter, und unter der kleinen roten Nase schimmerte es feucht.

Darauf kehrte Janson wieder zur Station zurück und betrank sich in aller Eile.

Nach Hause fuhr er die zehn Werst in vollem Galopp. Das gehetzte, außer sich gebrachte Pferdchen sprang wie von Sinnen mit allen vieren, der Schlitten flog und schlug gegen alle Pfähle. Janson, der die Leine losgelassen hatte und jeden Moment nahe daran war, aus dem Schlitten zu stürzen, sang oder schrie etwas auf estnisch, kurze, abgerissene Sätze. Noch häufiger sang er nicht und jagte schweigend, die Zähne wie in blinder Wut, Leidenschaft und Ekstase aufeinander gepreßt, dahin. Er sah nicht die Entgegenfahrenden, rief sie nicht an und mäßigte weder beim Einbiegen noch beim Bergabfahren den rasenden Lauf. Wie er auf diesen tollen Fahrten nicht jemand überfuhr oder selbst verunglückte, blieb ein Rätsel.

Schon längst hätte man ihn fortjagen müssen, wie dies auf den anderen Stellen geschehen. Aber Janson arbeitete für ein Geringes, und die anderen Knechte waren nicht besser, so behielt man ihn zwei Jahre. In Jansons Leben gab es keine Ereignisse. Einmal hatte er einen Brief in estnischer Sprache bekommen; er selbst konnte nicht lesen, und die anderen verstanden kein Estnisch. Der Brief blieb ungelesen, und obwohl Janson begriff, daß er eine Kunde aus der Heimat brachte, warf er ihn in wilder, fanatischer Nichtachtung auf den Misthaufen. Eine Zeitlang hatte sich Janson, wohl von Liebesverlangen getrieben, um die Küchenmagd bemüht, hatte aber keinen Erfolg, wurde grob zurückgestoßen und verlacht. Er war klein und schmächtig, mit sommersprossigem, verschrumpftem Gesicht und blödschläfrigen Augen von grünlich unreiner Farbe. Sein Mißgeschick nahm Janson gleichmütig hin und bedrängte die Küchenmagd nicht weiter.

Selbst wortkarg, schien Janson beständig auf etwas zu lauschen.

Er lauschte den öden Schneefeldern mit den gefrorenen Düngerhaufen, die an Reihen kleiner verschneiter Gräber erinnerten, den blauen Fernen, den summenden Telegraphenstangen und den Gesprächen der Leute. Was ihm die Felder und Telegraphenstangen erzählten, wußte nur er allein. Die Gespräche der Leute waren beunruhigend, voll Gerüchten über Totschlag, Raub und Mordbrennereien. Nachts hörte man einmal das klägliche Gebimmel der Glocke von der lutherischen Kirche im nahen Hakelwerk und das Geprassel eines Brandschadens. Hergelaufene hatten einen reichen Bauernhof überfallen, den Wirt und seine Frau erschlagen und das Wohnhaus in Brand gesteckt.

Auch auf ihrem Hof lebte man in steter Unruhe. Die Hunde wurden nicht nur in der Nacht, sondern auch tagsüber losgelassen. Nachts hielt der Wirt die Flinte neben sich. Solch eine Flinte, nur alt und einläufig, hatte er auch Janson angeboten. Dieser drehte die Flinte in den Händen, schüttelte den Kopf und weigerte sich sie zu nehmen. Der Wirt ahnte nicht den Grund der Weigerung und schimpfte Janson. Der Grund aber war der, daß Janson mehr an sein finnisches Messer als an dieses alte verrostete Ding glaubte.

– Sie schießt mich noch selber tot, sagte Janson und sah den Wirt mit seinen schläfrigen, verglasten Augen an. Dieser winkte nur mit der Hand.

– Du bist doch ein richtiger Esel, Jan. Und mit solchen Leuten soll man leben!

Und dieser selbe Jan Janson, der sich vor der Flinte fürchtete, beging eines Winterabends, als man den andern Knecht zur Station geschickt hatte, ein äußerst vielseitiges Verbrechen: bewaffneten Überfall, Mord und Vergewaltigung. Erstaunlich einfach hatte er das zuwege gebracht. Nachdem er die Magd in der Küche eingeschlossen hatte, trat er träge, mit dem Aussehen eines Menschen, der schrecklich gerne schlafen möchte, von hinten auf den Wirt zu und stieß ihm hastig, Mal auf Mal, das Messer in den Rücken. Der Wirt stürzte besinnungslos zusammen, die Wirtin rannte schreiend hin und her, und Janson begann zähnefletschend, mit dem Messer fuchtelnd, Kisten und Kommoden zu durchwühlen. Er fand Geld; dann erst schien er die Wirtin zu bemerken, und ohne Überlegung warf er sich auf sie, um sie zu notzüchtigen. Da er hierbei das Messer verloren hatte, erwies sie sich als die Stärkere, stieß ihn zurück und erwürgte ihn beinahe. Da regte sich der Wirt auf der Diele, in der Küche erdröhnte die Ofenkrücke, mit der die Magd die Küchentür einschlug, und Janson flüchtete ins freie Feld hinaus. Nach einer Stunde fand man ihn hinter der Scheune hockend, wo er, ein verlöschendes Streichhölzchen nach dem andern anzündend, im Begriff war, Brandstiftung zu begehen.

Nach ein paar Tagen starb der Wirt an Blutvergiftung, und Janson wurde, als mit andern Räubern und Mördern zusammen die Reihe an ihn gekommen, verhört und zum Tode verurteilt. Vor Gericht war er immer derselbe: klein, schmächtig, sommersprossig mit verglasten, schläfrigen Augen. Er schien nicht ganz zu verstehen, was mit ihm vorging, und blieb vollständig unbekümmert. Er zwinkerte mit den weißlichen Wimpern, betrachtete stumpfsinnig und interesselos den fremden, feierlichen Saal und bohrte mit dem schwieligen, schmutzigen Finger in der Nase herum. Nur die, welche ihn Sonntags in der Kirche gesehen hatten, hätten bemerkt, daß er sich gewissermaßen schön gemacht hatte: er trug einen unsauberen, roten Wollschal um den Hals und hatte die Haare stellenweise angefeuchtet. An den nassen Stellen waren sie dunkel und lagen glatt an, an den trockenen standen sie in hellen spärlichen Büscheln ab und erinnerten an Strohhalme auf leerem, verhageltem Kornfelde.

Als das Urteil »zum Tode durch den Strang« verlesen wurde, geriet Janson in Aufregung. Er errötete tief und begann den Schal auf- und zuzubinden, als schnüre er ihm die Kehle zu. Dann wandte er sich an einen der Richter und zeigte mit dem Finger auf den, der das Urteil verlesen hatte.

– Sie sagt, man soll mich hängen.

– Was für eine »Sie«? fragte der Vorsitzende, der das Urteil verlesen hatte, mit tiefer Baßstimme. Alle lächelten und suchten das Lächeln unter dem Schnurrbart oder hinter Papieren zu verbergen. Janson wies noch immer mit dem Finger auf den Vorsitzenden und antwortete böse, unter den Brauen hervorblickend:

– Du!

– Nun und ...?

Janson blickte wieder auf den schweigenden, ein Lächeln verbeißenden Beamten, den er aus irgendeinem Grunde für seinen Freund, einen am Todesurteil Unbeteiligten hielt, und sagte:

– Sie hat gesagt, man soll mich hängen. Man soll mich nicht hängen!...

– Führt den Angeklagten hinaus!

Aber Janson hatte gerade Zeit, noch einmal überzeugt und nachdrücklich zu wiederholen:

– Man soll mich nicht hängen!...

Er war so einfältig mit seinem kleinen, boshaften Gesicht, dem er vergeblich Würde zu verleihen suchte, daß sogar der eskortierende Soldat ihm gegen die Regel halblaut beim Hinausgehen zuflüsterte:

– Du bist mir ein Dummkopf, Bursche ...

– Man soll mich nicht hängen! sagte Janson störrisch.

– Du wirst aufgeknüpft, daß du nicht mucksen kannst!

– Sei still, rief ihm der andere Eskortierende zu, konnte sich aber nicht enthalten, hinzuzufügen:

– Du Raubmörder! Was brauchtest du eine Menschenseele umzubringen? Jetzt kannst du dafür hängen!

– Vielleicht wird er begnadigt, sagte der erste Soldat, dem Janson leid tat.

– Begnadigt? So einen und begnadigen! Jetzt ist genug geschwatzt!

Janson schwieg bereits. Man brachte ihn in seine Zelle zurück, in der er einen Monat gesessen hatte und an die er sich, wie an alles in seinem Leben: Prügel, Branntwein und die öden, mit runden Düngerhaufen übersäten Schneefelder, gewöhnt hatte. Und jetzt, als er sein Bett und das vergitterte Fenster wiedersah und man ihm zu essen brachte, wurde ihm sogar fröhlich zumut. Unangenehm war nur das, was auf dem Gericht geschehen, aber daran denken konnte er nicht, er verstand es nicht. Und den Tod durch Hängen konnte er sich absolut nicht vorstellen.

Im Gefängnis behandelte man ihn nicht wie einen schweren Verbrecher, obwohl er zum Tode verurteilt war. Gab es doch solcher viele wie er! Man sprach mit ihm ohne Respekt und ohne Vorsichtsmaßregeln wie mit einem, der nicht hingerichtet werden soll.

Seinen Tod sah man gewissermaßen nicht als solchen an. Als der Aufseher das Todesurteil erfuhr, sagte er herablassend: – Nun, Brüderchen, wirst gehängt, was?

– Und wann werde ich gehängt? fragte Janson ungläubig. Der Aufseher dachte nach:

– Da wirst du noch ein Weilchen warten müssen. Erst muß man eine Partie zusammen haben. Für einen allein und noch dazu für solch einen wie dich lohnt es sich nicht. Da braucht man doch einen Galgen ...

– Aber wann denn? bestürmte ihn Janson. Es kränkte ihn nicht im mindesten, daß es sich nicht lohnte, ihn allein zu hängen, er glaubte es nicht recht und hielt es für einen Vorwand, die Hinrichtung aufzuschieben und schließlich ganz aufzuheben. Er wurde ganz vergnügt; der schrecklich unklare Moment, an den er nicht denken konnte, war in die Ferne gerückt, unwahrscheinlich, sagenhaft geworden, wie der Tod überhaupt.

– Wann, wann? fuhr der Aufseher auf, ein stumpfsinniger, mürrischer, alter Kerl. – Du bist kein Hund, den man hinter die Scheune führt und – ritsch, fertig ... Das wolltest du wohl, Dummkopf ...

– Aber ich will ja gar nicht, grinste Janson, plötzlich vergnügt. Sie hat gesagt, daß man mich hängen soll.

Vielleicht zum erstenmal in seinem Leben lachte er, mit knarrendem, blödem, entsetzlich fröhlichem Lachen. Wie Gänsegeschnatter klang es: ga-ga-ga-ga. Der Aufseher betrachtete ihn erst erstaunt; dann setzte er eine strenge Miene auf: diese alberne Fröhlichkeit eines zum Tode Verurteilten verletzte die Heiligkeit des Gefängnisses und der Hinrichtung, machte sie zu etwas Absonderlichem. Und plötzlich, für einen Moment, für einen ganz, ganz kurzen Moment erschien dem alten Aufseher das Gefängnis mit seinen Regeln, die er als Naturgesetze angesehen hatte, sein ganzes Leben hier, wie eine Art Tollhaus, in dem er, der Aufseher, der Verrückteste von allen war.

– Pfui, daß dich der ... er spuckte aus. Was hast du zu grinsen? Hier ist keine Schenke.

– Aber ich will nicht, ga-ga-ga-ga! lachte Janson.

– Satan, schimpfte der Aufseher und empfand das Bedürfnis sich zu bekreuzigen.

Allem anderen eher als einem Satan glich dieser Mensch mit dem kleinen, verschrumpften Gesichtchen, aber in seinem Gegacker lag etwas, das die Grundfesten des Gefängnisses erschütterte. Noch ein Weilchen länger dieses Lachen – und die Wände stürzten morsch zusammen, die Gitter gaben nach und er der Aufseher führte selbst die Arrestanten vors Tor: Bitte, meine Herren – spazieren Sie gefälligst in die Stadt

– oder will vielleicht jemand aufs Land? ... Satan!

Janson lachte nicht mehr und blinzelte nur verschmitzt.

– Daß du mir ... drohte ihm der Aufseher und ging, ohne sich umzusehen, hinaus.

Den ganzen Abend war Janson ruhig, sogar heiter. Er wiederholte immer wieder den Satz: Man soll mich nicht hängen! Und der war so überzeugend und unwiderlegbar, daß ihn nichts mehr beunruhigte. Sein Verbrechen hatte er längst vergessen. Nur dann und wann bedauerte er, daß es ihm nicht gelungen war, die Wirtin zu vergewaltigen. Bald hatte er auch das vergessen.

Jeden Morgen fragte er den Aufseher, wann man ihn hängen würde. Jeden Morgen antwortete der Aufseher ärgerlich:

– Kommst noch zeitig genug dran, Satan! Sitz noch ein Weilchen ... und zog sich schleunigst zurück, bevor Janson zu lachen anfangen konnte.

Dieses monotone, sich täglich wiederholende Gespräch, sowie der Umstand, daß jeder Tag wie der allergewöhnlichste begann und verstrich, brachten Janson zu der festen Überzeugung, daß die Hinrichtung überhaupt nicht stattfinden würde. Sehr bald hatte er die Gerichtsverhandlung vergessen, räkelte sich den ganzen Tag auf seiner Pritsche und träumte zufrieden und unklar von den öden Schneefeldern mit ihren Düngerhaufen, dem Stationsbüfett und noch von etwas anderem, Fernem, Lichtem. Im Gefängnis wurde er gut ernährt und hatte ziemlich rasch, in ein paar Tagen, zugenommen, worauf er sogar stolz war.

– So hätte sie mich schon genommen, dachte er in Erinnerung an die Wirtin. Jetzt bin ich dick und nicht schlechter als ihr Mann.

Nur Branntwein hätte er gar zu gern gehabt, um sich zu betrinken und dann im Galopp davonzujagen.

Als die Terroristen verhaftet wurden, drang die Nachricht davon bis ins Gefängnis, und auf Jansons übliche Frage antwortete der Aufseher eines Morgens grimmig:

– Jetzt bald.

Ruhig und wichtig sah er ihn an und sagte noch einmal:

– Jetzt bald. Ich denke, so nach einer Woche. Janson erbleichte und fragte wie im Schlaf – so trübe war der Blick seiner verglasten Augen –

– Du machst Spaß!?

– Erst kann er es nicht erwarten und jetzt mit einem Mal: Du machst Spaß. Ihr liebt zu spaßen, aber bei uns wird nicht gespaßt ... sagte der Aufseher würdevoll und ging hinaus. Gegen Abend desselben Tages hatte Janson bereits abgenommen. Seine schlaffe, für kurze Zeit glatt gewordene Haut schrumpfte plötzlich in tausend kleine Fältchen zusammen und hing sogar an einzelnen Stellen. Die Augen wurden vollständig apathisch, die Bewegungen langsam und träge, als wäre jede Drehung des Kopfes, jedes Ausstrecken der Finger, jeder Schritt ein ungeheuerliches, kompliziertes Unterfangen, das erst gründlich überlegt werden mußte. Abends legte er sich auf die Pritsche, ohne die Augen zu schließen, die schläfrig bis zum Morgen offen blieben.

– Aha, sagte der Aufseher am nächsten Tage befriedigt. Ja ja, mein Freund, hier ist keine Schenke.

Im Gefühle angenehmer Genugtuung, wie ein Gelehrter, dem ein Experiment wieder einmal geglückt ist, betrachtete er den Verurteilten eingehend vom Scheitel bis zur Sohle. Jetzt ging alles seinen normalen Gang.

Der Satan war blamiert, die Heiligkeit des Gefängnisses und der Todesstrafe wiederhergestellt. Und leutselig, sogar mit aufrichtigem Mitleid erkundigte sich der Greis:

– Möchtest du nicht jemand wiedersehen?

– Wiedersehen? wozu?

– Nun, um Abschied zu nehmen. Hast du nicht eine Mutter oder einen Bruder zum Beispiel?

– Man soll mich nicht hängen ... sagte Janson leise mit scheelem Blick auf den Aufseher. Ich will nicht.

Der Aufseher sah ihn eine Weile an – dann winkte er schweigend mit der Hand.

Am Abend hatte sich Janson ein wenig beruhigt. Der Tag war so gewöhnlich; so gewöhnlich graute der bewölkte Winterhimmel, so gewöhnlich erklangen Schritte und ein dienstliches Gespräch im Korridor, so gewöhnlich und natürlich roch es nach Sauerkohl, daß er nicht mehr an die Hinrichtung glauben konnte. Doch in der Nacht wurde ihm unheimlich zumut. Bisher hatte Janson die Nacht nur für Dunkelheit, eine besondere, dunkle Zeit gehalten, während der man schlafen mußte, jetzt empfand er plötzlich ihr geheimnisvolles, drohendes Sein. Um nicht an den Tod zu glauben, muß man Alltägliches um sich sehen, hören und riechen: Schritte, Stimmen, Licht, Sauerkohl ... jetzt war alles ungewöhnlich, und die Stille und Finsternis waren an und für sich schon der Tod. Je länger sich die Nacht dehnte, um so unheimlicher wurde es. Mit der Naivität eines Kindes oder eines Wilden, der alles für möglich hält, hätte er am liebsten der Sonne zugeschrien: so scheine doch! Er bat, flehte, die Sonne möge scheinen, aber die Nacht schleppte unerbittlich ihre schwarzen Stunden über die Erde, und es gab keine Macht, die ihren Schritt gehemmt hätte. Der Gedanke an diese Unmöglichkeit dämmerte zum erstenmal in Jansons schwachem Gehirn auf und erfüllte ihn mit Entsetzen; noch wagte er es nicht, ihn ganz fest zu fassen, aber schon hatte er die Gewißheit des nahen Todes erkannt und betrat ersterbenden Fußes die erste Stufe zum Schafott.

Der Tag beruhigte ihn wieder, und die Nacht ängstigte ihn von neuem. So ging es bis zu dem Tage, als er erfahren und eingesehen hatte, daß der Tod unausbleiblich war und nach drei Tagen, beim Morgengrauen, wenn die Sonne ausging, eintreten würde.

Er hatte nie über den Tod nachgedacht und sich keine Vorstellung von ihm gemacht. Jetzt fühlte er mit einem Mal deutlich, daß er in seine Zelle getreten war und mit tastenden Händen nach ihm suche. Um sich zu retten, begann Janson in der Zelle herumzulaufen.

Die Zelle war so klein, daß die Winkel nicht spitz, sondern stumpf erschienen und ihn gleichsam in die Mitte zurückstießen. Kein Ausweg, keine Rettung, die Tür verschlossen! Und dabei hell! Ein paarmal rannte er mit dem Körper gegen die Wand – einmal stieß er dumpf und hohl an die Tür. Dann stolperte er und fiel aufs Gesicht und da fühlte er, wie der Tod ihn packte. Auf dem Bauche liegend, gegen die Diele gepreßt, das Gesicht am dunkeln, schmutzigen Asphalt bergend, heulte Janson vor Entsetzen laut auf. Er lag und schrie aus vollem Halse, bis man zu ihm kam. Man hob ihn auf, setzte ihn auf das Lager, übergoß seinen Kopf mit kaltem Wasser, aber er wagte noch immer nicht, die fest geschlossenen Augen zu öffnen. Vorsichtig blinzle er durch das eine, und als er die leere, helle Ecke und einen Stiefel in dieser Leere erblickte, begann er, von neuem zu schreien.

Allmählich begann das kalte Wasser zu wirken. Auch die Schläge, die ihm der diensttuende Aufseher, derselbe Alte, zu heilsamem Zweck auf den Kopf versetzte, taten das ihrige. Tatsächlich verjagte dieses lebendige Körpergefühl den Tod. Janson öffnete die Augen und verschlief den Rest der Nacht mit benommenem Hirn. Auf dem Rücken liegend, schnarchte er durch den offenen Mund laut und langgezogen, und zwischen den nicht ganz geschlossenen Lidern schimmerte das weiße, tote, flache Auge, ohne Pupille.

Später verband sich für ihn alles auf der Welt: Tag und Nacht, Stimmen und Schritte und Sauerkohl zu einem großen Entsetzen und brachte ihn in einen Zustand blöden, mit nichts zu vergleichenden Staunens. Sein schwaches Gehirn konnte diese zwei Widersprüche nicht fassen: den gewöhnlichen, hellen Tag, den Kohlgeruch und -geschmack und das, daß er nach zwei Tagen sterben sollte. Er dachte an nichts, zählte nicht die Stunden und stand nur in stummem Entsetzen vor diesem Widerspruch, der sein Gehirn in zwei Hälften spaltete; er wurde gleichmäßig blaß, nirgends weißer oder röter und war allem Anscheine nach vollständig ruhig. Er aß nichts und schlief überhaupt nicht mehr; entweder saß er die ganze Nacht, die Füße ängstlich untergezogen auf dem Schemel, oder er schlich leise, verstohlen und schläfrig um sich blickend durch die Zelle. Sein Mund stand die ganze Zeit weit offen, wie vor stetem großem Staunen, und bevor er irgendeinen, auch den gewöhnlichsten Gegenstand anfaßte, betrachtete er ihn lange und stumpfsinnig und nahm ihn dann mißtrauisch in die Hand. Als er so geworden, stellten die Aufseher und der Soldat ihre Beobachtungen durch das Fensterchen in der Tür ein und schenkten ihm weiter keine Beachtung. Dies war der gewöhnliche Zustand der Verurteilten, nach Meinung des Aufsehers, der ihn nie durchgemacht hatte, ähnlich dem eines Rindes auf der Schlachtbank, das man durch einen Schlag mit der stumpfen Beilseite betäubt hat.

– Jetzt ist er ganz benommen und wird bis zur Hinrichtung nichts mehr fühlen, sagte der Aufseher, ihn mit erfahrenem Blick prüfend.

– Jan, hörst du? Jan?

– Man soll mich nicht hängen ... erwiderte Janson matt und ließ den Unterkiefer hängen.

– Hättest du keinen umgebracht, würde man dich auch nicht hängen, bemerkte weise der Oberaufseher, ein noch junger, aber sehr würdevoller Mann, mit Orden an der Brust. – Stichst einen Menschen ab, aber gehängt willst du nicht werden!

– Du bildest dir wohl ein, daß man für nichts und wieder nichts einen Menschen umbringen kann. Gar nicht so dumm!

– Ich will nicht, sagte Janson.

– Wolle nicht, mein Lieber, das ist deine Sache, sagte der Oberaufseher unbekümmert. – Statt Unsinn zu schwatzen, verfüge lieber über deine Habseligkeiten. Irgend etwas wirst du doch immer haben?

– Er hat nichts. Nur Hemd und Hosen – ja und eine Pelzmütze – der Geck!

So verging die Zeit bis Donnerstag. Und Donnerstag um Mitternacht traten viele Leute in Jansons Zelle, und ein Herr mit Epauletten sagte:

– Nun macht Euch fertig. Wir müssen fahren.

Ebenso langsam und träge wie immer zog Janson alle Kleidungsstücke, die er besaß, an und band sich den schmutzigen, roten Schal um den Hals. Der Herr mit den Epauletten schaute ihm zu und sagte, eine Zigarette anrauchend:

– Wie warm es heute draußen ist. Der reine Frühling.

Jansons Augen fielen zu, er schlief beinahe ein und bewegte sich so steif und langsam, daß der Aufseher ihn anschrie:

– Nun, bißchen fixer! Bist du eingeschlafen?

– Ich will nicht, sagte er träge.

Man nahm ihn unter den Arm und führte ihn hinaus. Janson marschierte gehorsam mit hoch gezogenen Schultern. Draußen schlug ihm die weiche Frühlingsluft entgegen, und unter seiner Nase feuchtete es sich. Obwohl Nacht, taute es immer stärker, und von irgendwo fielen rasche, lustige Tropfen geräuschvoll auf die Steine. Und während die Gendarmen säbelklirrend und gebückt in die schwarze, laternenlose Kutsche stiegen, wischte sich Janson bedächtig mit der Hand die Nase und rückte den schlecht sitzenden Schal zurecht.

IV

Wir Oreler!

Am nämlichen Tage wie Janson wurde von derselben Gerichtsversammlung ein Tatar, Bauer aus dem Orelschen Gouvernement und Jeletzker Kreise, Michael Golubetz, genannt Mischka der Zigeuner, zum Tode am Galgen verurteilt. Sein letztes, nachweisbares Verbrechen war ein bewaffneter Überfall und dreifacher Mord; weiter zurück versank seine dunkle Vergangenheit in geheimnisvolle Tiefen. Man munkelte von Beteiligung an einer ganzen Reihe von Raubüberfällen und Morden, witterte Blut- und Brandgeruch, wildes, dunkles Vagabundentum. Mit großer Offenherzigkeit nannte er sich einen Raubmörder und lächelte ironisch über die, welche sich, der Mode folgend, den Titel »Expropriatore« beilegten. Von seinem letzten Verbrechen, da ein Ableugnen ja doch nichts mehr fruchtete, erzählte er gern und ausführlich. Auf Fragen nach seiner weiteren Vergangenheit grinste er bloß und pfiff leise durch die Zähne.

– Geh, lauf und fang den Wind im Felde!

Als man ihn gar zu sehr mit Ausfragen bestürmte, nahm Mischka eine ernste und wichtige Miene an.

– Wir Oreler sind alles verspielte Köpfe, sagte er langsam, mit Überlegung. In Orel[1] und Kròmy[2] wohnen die ersten Diebe. Karàtschew[3] und Lìwny[4] – sind für die Diebe himmlisch. Aber Jelètz[5] ist der Vater im Räubernest[6] ... Was soll man da noch viel reden!

Zigeuner nannte man ihn seines Äußeren und seiner Vagabundenallüren wegen. Er war bis zur Absurdität brünett, hager, mit gelben Flecken vom Sonnenbrand auf den spitzen Tatarenbacken-

---

[1] Kreis im Orelschen Gouvernement. Berüchtigt durch ihre Räuberbanden.

[2] Kreis im Orelschen Gouvernement.

[3] Kreis im Orelschen Gouvernement.

[4] Kreis im Orelschen Gouvernement.

[5] Unübersetzbarer Reim.

[6] Unübersetzbarer Reim.

knochen. Wie ein Pferd, rollte er die Augäpfel und sputete sich immer irgendwohin. Sein Blick war kurz, schnell, unheimlich gerade und neugierig. Sah er eine Sache an, so hatte sie scheinbar etwas verloren, einen Teil von sich abgegeben und sich verändert. Eine Zigarette, auf der sein Blick geruht, nahm man ebenso ungern, als wäre sie bereits in fremdem Munde gewesen. Eine beständige Unrast saß in ihm, die ihn bald wie eine Peitschenschnur zusammendrehte, bald wie einen Funkenregen auseinanderblies. Wasser trank er beinahe eimerweise, wie ein Pferd.

Auf alle Fragen der Richter antwortete er aufspringend, kurz, fast vergnügt:

– Stimmt!

Dazwischen mit besonderem Nachdruck:

– Stimm–t!

Ganz unvermittelt, als von etwas anderem die Rede war, sprang er auf und fragte den Vorsitzenden:

– Gestatten Sie, daß ich pfeife?

– Wozu das? fragte dieser erstaunt.

– Nun, damit Sie wissen, wie das Zeichen war, das ich meinen Kameraden gab. Sehr interessant!

Ein wenig zögernd willigte der Vorsitzende ein. Mischka der Zigeuner legte schnell vier Finger, zwei von jeder Hand, in den Mund, rollte wild mit den Augen, und plötzlich durchschnitt den stillen Raum des Gerichtssaales ein wilder, echter Räuberpfiff, bei dem die Pferde scheu werden und sich bäumen und der Mensch unwillkürlich erbleicht. Die Todesangst eines Überfallenen, die wilde Freude des Mörders, Drohung, Hilferufe und die Finsternis regnerischer Herbstnächte lag in diesem durchdringenden, weder menschlichen noch tierischen Geheul.

Der Vorsitzende rief etwas und winkte dem Zigeuner mit der Hand. Mischka schwieg gehorsam. Wie ein Sänger, der erfolgreich eine schwierige, ihm aber sicher gelingende Passage vorgetragen hat, nahm er mit selbstgefälligem Blick auf die Anwesenden Platz und wischte sich die Finger am Rock ab.

– Oho! sagte einer von den Richtern und rieb sich das Ohr. Ein anderer, mit breitem, russischem Bart und ebensolchen Tatarenaugen wie die des Zigeuners, blickte sinnend über ihn hinweg und äußerte lächelnd: – Aber wirklich sehr interessant.

Mit ruhigem Herzen, unbarmherzig und ohne die geringsten Gewissensbisse wurde für Mischka den Zigeuner die Todesstrafe beantragt.

– Stimmt, sagte Mischka, als das Urteil verlesen war. – Und ein freies Feld und ein Querholz darauf![7] Stimmt!...

Und zum eskortierenden Soldaten gewandt, warf er verwegen hin:

– Na komm, Sauertopf! Halt deine Flinte fest, sonst nehm' ich sie dir fort.

Der Soldat sah ihn finster, mißtrauisch an, tauschte einen Blick mit seinem Kollegen und prüfte das Schloß seiner Flinte. Der andere Soldat tat das gleiche. Den ganzen Weg bis zum Gefängnis gingen sie nicht, sondern schienen durch die Luft zu fliegen; ganz von ihrem Schutzbefohlenen in Anspruch genommen, fühlten sie weder den Boden unter den Füßen, noch die Zeit, noch sich selber.

Bis zur Hinrichtung hatte Mischka der Zigeuner, ebenso wie Jan Janson, siebzehn Tage im Gefängnis zu verbringen. Und alle siebzehn Tage vergingen im Fluge, wie ein Tag, gejagt vom unausrottbaren Gedanken an Sieg, Freiheit und Leben. Die Unruhe, die Mischka beherrschte, kehrte sich jetzt, eingeengt durch Mauern und Gitter und das kleine Fensterchen ohne Aussicht, nach innen, verzehrte ihn wie das Feuer eine herausgesprungene Kohle. In wüstem Reigen jagten, kreisten grelle, unvollendete Bilder durcheinander, zogen in tollem Gewirbel vorüber und strebten nur zu dem einen: Sieg, Freiheit und Leben. Bald schnupperte Mischka, die Nasenlöcher weit aufblähend – lag es nicht wie Brandgeruch in der Luft, der ihm beißend in die Nase stieg? – bald drehte er sich wie ein Kreisel in der Zelle herum, betastete mit den Fingern messend die Wände, klopfte hier und da, durchbohrte den Fußboden mit seinem Blick und feilte in Gedanken die Gitterstäbe durch. Durch seine Unstetig-

---

[7] Bekanntes russisches Räuberlied.

keit wurde der Soldat, der ihn beobachtete, ganz mürbe und hatte ihm schon ein paarmal mit Schießen gedroht, worauf ihn Mischka mit Hohnworten überschüttete. Die Sache nahm schließlich nur dadurch einen friedlichen Ausgang, daß Mischkas Unbotmäßigkeit gar bald in ordinäres, harmloses Bauerngeschimpf überging. Hierbei wäre natürlich ein Schießen überflüssig, ja lächerlich gewesen.

In der Nacht schlief Mischka fest, fast ohne sich zu regen, aber in gleichsam sprungbereiter Lage, wie eine zeitweilig außer Funktion gesetzte Spiralfeder.

Morgens sprang er mit einem Satz auf und begann sofort wieder seinen Rundgang, prüfte und betastete die Wände. Seine Hände waren immer trocken und glühend heiß, aber dazwischen erstarrte das Herz in plötzlichem Erkalten, als läge ein Stück Eis in der Brust, von wo aus seine kalte Schauer über den ganzen Körper rieselten. Schon an und für sich von dunkler Hautfarbe, wurde Mischka in solchen Momenten blauschwarz im Gesicht, wie Gußeisen. Und eine merkwürdige Gewohnheit nahm er an: als hätte er sich an etwas widerlich Süßem übergessen, leckte er beständig die Lippen, schmatzte und spuckte den zusammengelaufenen Speichel durch die Zähne auf den Fußboden. Er sprach keinen Satz, kein Wort zu Ende; so schnell liefen seine Gedanken, daß die Zunge nicht mitkonnte.

Einmal kam in Begleitung des Soldaten der Oberaufseher zu ihm; er warf einen mißbilligenden Blick auf die Diele und sagte finster:

– Eh! vollgespuckt.

Mischka entgegnete schnell:

– Du Fettmaul kannst die ganze Erde beschmutzen, und dir geschieht nichts. Was hast du hier zu suchen?

Ebenso finster machte ihm der Oberaufseher den Vorschlag, das Amt eines Henkers zu übernehmen. Mischka fletschte die Zähne und lachte laut auf.

– Ahi! Ihr findet keinen? Das ist gelungen; hängt nur, hängt nur! Hals ist da, Schlinge ist da, aber kein Henker ... Bei Gott gelungen!

– Du bleibst dafür am Leben.

– Was du sagst, Dummkopf; wie soll ich dich denn hängen, wenn ich tot bin?

– Nun also. Dir ist's ja gleich: so oder so.

– Und wie wird bei euch gehängt? In aller Stille den Strick um den Hals?

– Nein, mit Musik, schrie ihn der Aufseher an.

– Was denn? Natürlich mit Musik, Dummkopf. Und er begann ein wildes Lied zu singen.

– Du bist demnach definitiv entschlossen, mein Lieber, sagte der Aufseher, nun also, sprich dich deutlich aus.

Mischka grinste:

– Wie du ungeduldig bist! Komm noch ein Malchen – dann werde ich dir sagen.

Und in das Chaos greller, unvollendeter Bilder, die Mischka in tollem Reigen mit sich fortrissen, mischte sich ein neues: wie schön wäre es, ein Henker in rotem Hemde zu sein. Lebhaft stellte er sich einen großen Platz vor, die Menschen stehen Kopf an Kopf, in der Mitte erhebt sich das Gerüst, auf dem er, Mischka, in rotem Hemde, das Beil in der Hand, auf und ab spaziert. Die Sonne scheint auf die Köpfe, hell blitzt das Beil und alles ist so prächtig und lustig, daß sogar der, den er köpfen soll, lächelt. Und weiter, hinter den Menschen, sieht man Wagen und Pferdeschwänze – Bauern sind vom Lande hereingefahren – und bedecken das ganze Feld.

– Z-ach! schmatzte der Zigeuner, leckte die Lippen und spuckte den zusammenlaufenden Speichel aus. Da plötzlich, wie wenn man ihm die Pelzmütze bis aufs Maul heruntergeschlagen hätte, wurde es dunkel und beklommen um ihn, sein Herz erstarrte zu einem Eisklumpen, und feine kalte Schauer rieselten über seinen ganzen Körper.

Noch zweimal erschien der Oberaufseher, und Mischka sagte grinsend:

– Was bist du so ungeduldig? Komm noch einmal!

Schließlich schrie ihm der Aufseher eines Tages beim Vorbeigehen durch das Fensterchen zu:

– Hast dein Glück verkrächzt, alter Rabe. Es hat sich ein anderer gefunden.

– Nun hol dich der Teufel! Häng selbst, entgegnete Mischka grob.

Jetzt träumte er nicht mehr von seinem Henkerdienst. Je näher zum Ende, zur Hinrichtung, um so wüster und unerträglicher wurde das Gewirbel der zerrissenen Bilder, die ihn gewaltsam mit sich zogen. Mischka wollte sie aufhalten, breitbeinig stehen bleiben, sich an irgend etwas festklammern, aber alles um ihn herum schwamm. Auch sein Schlaf wurde unruhig; schwere Träume schwirrten wie farbige runde Holzklötzchen durch sein Hirn und folgten noch schneller aufeinander, als die Gedanken am Tage. Schon war es kein Laufen und Jagen mehr, sondern ein endloses Fallen von unendlich hohem Berge, ein Taumel durch die ganze sichtbare Welt. In Freiheit hatte Mischka höchst stutzerhaft nur einen Schnurrbart getragen, im Gefängnis war ihm ein schwarzer, borstiger Bart gewachsen, wodurch er ein noch fürchterlicheres, wildes Aussehen bekam. Zeitweilig schien Mischka alles vergessen zu haben, er drehte sich wie toll in der Zelle herum und betastete noch immer die rauhen beworfenen Wände. Und trank Wasser wie ein Pferd.

Eines Abends, als man Licht gemacht hatte, stellte er sich mitten in der Zelle auf alle viere und erhob ein schauerliches Wolfsgeheul. Dabei trug er einen besonderen Ernst zur Schau, als handle es sich um einen sehr wichtigen und notwendigen Akt. Er atmete tief auf und blies die Luft in langgezogenem tremolierendem Geheul aus und lauschte mit zugekniffenen Augen, wie es sich machte. Sogar das Tremolieren der Stimme klang beabsichtigt. Er heulte nicht sinn- und zwecklos, sondern hielt jeden Ton wohlüberlegt aus. Ein Klagelied war's, voll unsäglichen Kummers und Entsetzens.

Dann brach er mit einem Male jäh ab und schwieg ein paar Minuten, ohne sich von allen vieren zu erheben, Und murmelte leise vor sich hin: – Habt Erbarmen, liebe Herzensfreunde. Habt Erbarmen, liebe, liebe Freunde ...

Und wieder schien er zu lauschen, wie es sich machte. Nach jedem Wort hielt er inne und lauschte.

Dann sprang er auf und schimpfte eine ganze Stunde in einem Atemzug aufs gemeinste: – Ihr Lumpenhunde, Schweinebande, daß euch der ... brüllte er und rollte die blutunterlaufenen Augäpfel. Wenn gehängt werden soll, dann hängt, ... oder ich werde euch ... Ihr Lumpenhunde! Kreideweiß, vor Angst und Entsetzen beinahe weinend, stieß der Soldat mit dem Flintenlauf gegen die Tür und schrie außer sich: – Ich schieß, bei Gott! Ich schieß dich tot! Aber er wagte es doch nicht. Auf zum Tode Verurteilte wurde nicht geschossen, nur bei einer regelrechten Revolte. Mischka knirschte mit den Zähnen, schimpfte und spuckte. Sein kleines Menschenhirn war auf die unglaublich scharfe Grenze zwischen Leben und Sterben gestellt und zerbröckelte wie ein Klumpen trockenen, verwitterten Lehms. Als man eines Nachts in seine Zelle kam, um ihn zur Hinrichtung zu schleppen, fing er an, geschäftig hin- und herzulaufen und schien wieder aufzuleben. Der süßliche Geschmack im Munde nahm zu, unaufhaltsam sammelte sich der Speichel, aber seine Wangen röteten sich, und aus den Augen blitzte die alte Wildheit und Verschlagenheit. Beim Ankleiden fragte er den Beamten: – Wer wird mich denn hängen? Der Neue? Die Hände sind ihm wohl noch nicht verarbeitet? – Darum brauchen Sie sich nicht zu sorgen, antwortete der Beamte trocken. – Wie denn nicht. Euer Hochwohlgeboren. Ich werde doch gehängt, und nicht Sie! Sparen Sie nur nicht an der Seife für den Strick! – Schon gut! Ich bitte Sie zu schweigen. – Der da hat alle Seife aufgefressen. Mischka wies auf den Aufseher – seht doch, wie seine Fratze glänzt. – Mund halten! – Nur keine Seife gespart! Mischka lachte laut auf, aber der Geschmack im Munde wurde noch süßer, und plötzlich versagten ihm die Füße. Trotzdem vermochte er noch beim Heraustreten auf den Hof zu schreien: – He! Die Kutsche des Grafen Bengalsky!

V

Gib ihm einen Kuß und schweig

Das Urteil über die fünf Terroristen war endgültig proklamiert und am selben Tage bestätigt worden. Man hatte ihnen nicht mitgeteilt, wann die Hinrichtung stattfinden sollte, aber aus dem Gebrauch, den sie kannten, schlossen sie, daß sie in dieser oder in der darauffolgenden Nacht gehängt würden. Und als man ihnen am nächsten Tage den Vorschlag machte, Verwandte bei sich zu empfangen, wußten sie, daß die Vollstreckung der Todesstrafe am Freitag in aller Frühe stattfinden würde. Tanja Kowaltschuk hatte keine nahen Angehörigen, die anderen lebten irgendwo in einem abgelegenen Winkel in Kleinrußland, ahnten wohl kaum etwas von ihrer Inhaftierung und der bevorstehenden Hinrichtung. Bei Mußja und Werner, als den beiden Unbekannten, setzte man keine Verwandten voraus, und nur zweien, Ssergei Golowin und Wassilis Kaschirin, stand ein Wiedersehen mit den Eltern bevor. Und beide dachten mit Angst und Pein an dieses Wiedersehen, konnten sich aber nicht entschließen, den Alten eine letzte Unterredung, einen letzten Kuß zu versagen. Besonders Ssergei Golowin quälte der Gedanke an das bevorstehende Wiedersehen. Er liebte Vater und Mutter sehr, hatte sie erst kürzlich gesehen und war jetzt voll Sorge, wie es sein würde. Die Hinrichtung selbst in ihrer ganzen Außergewöhnlichkeit und verblüffenden Absurdität erschien ihm weniger schwer und schrecklich wie die paar kurzen unfaßlichen Minuten, die gleichsam außerhalb von Zeit und Leben standen. Wie sollte er sich benehmen, was denken, was sprechen? Darauf hatte das menschliche Hirn keine Antwort. Das Allergewöhnlichste und Natürlichste, die Hand zu fassen, zu küssen und »guten Tag, Vater«, zu sagen, kam ihm so unglaublich grauenvoll vor, in seiner unmenschlichen, witzlosen Lügenhaftigkeit. Nach Proklamation des Urteils wurden die Terroristen nicht zusammengetan, wie Tanja Kowaltschut geglaubt, sondern blieben in Einzelhaft. Den ganzen Morgen bis elf Uhr, wo seine Eltern kommen sollten, raste Ssergei Golowin wie ein Besessener in seiner Zelle herum, zupfte an seinem Bärtchen, zog die Stirn in Falten und brummte etwas vor sich hin. Dazwischen machte er plötzlich Halt, atmete tief auf und stieß die Luft aus, wie ein

Mensch, der zu lange unter Wasser geblieben ist. So gesund war er, so fest saß das junge Leben in ihm, daß sogar in Momenten ärgster Qual ihm das Blut ins Gesicht stieg und die Wangen färbte, seine Augen blau und kindlich hell erstrahlten. Es ging indessen bedeutend besser, als Ssergei gefürchtet hatte. Als Erster trat in das Zimmer, wo das Wiedersehen stattfinden sollte, Ssergeis Vater, der Oberst a. D. Nikolai Ssergejewitsch Golowin. Alles war weiß an ihm, Gesicht, Bart, Haare und Hände, als hätte man eine Figur aus Schnee in menschliche Kleider gesteckt; er trug den alten, gut gereinigten, nach Benzin riechenden Rock mit Querepauletten. Mit festen sicheren Schritten trat er wie zur Parade ein, streckte die weiße magere Hand aus und sagte: – Guten Tag, Ssergei. Hinter ihm her ging mit kleinen Schritten die Mutter und lächelte eigentümlich. Aber auch sie drückte ihm die Hand und wiederholte laut: – Guten Tag, Ssergei. Dann küßte sie ihn auf den Mund und setzte sich schweigend. Glättete sich sogar mit zitternder Hand das schwarze Seidenkleid. Ssergei ahnte nicht, daß die ganze Nacht vorher, eingeschlossen in seinem Schreibzimmer, sich der Vater, alle Kraft zusammennehmend, diesen Modus ersonnen hatte. – Nicht erschweren, erleichtern müssen wir unserem Jungen die letzten Minuten – hatte der Oberst beschlossen und jeden möglichen Satz des morgigen Gespräches, jede Bewegung wohl erwogen. Aber dazwischen war er ganz konfus geworden, hatte den Faden verloren und bitterlich in der Ecke seiner Wachstuchsofas geweint. Am Morgen hatte er dann seiner Frau erklärt, wie sie sich beim Wiedersehen benehmen sollte. – Die Hauptsache ist die, du gibst ihm einen Kuß und schweigst, unterwies er sie. – Nachher kannst du auch sprechen, nur etwas später. Wenn du ihn küßt, sei still. Sprich nicht gleich nach dem Kuß, verstehst du mich? Sonst sagst du nicht das, was du sollst. – Ich verstehe, Nikolai Ssergejewitsch, hatte die Mutter weinend geantwortet. – Und weine nicht! Gott behüte, wenn du weinst, Alte! Du bringst ihn um. – Aber warum weinst du denn selbst? – Nur weil du weinst. Du darfst nicht, hörst du?! – Gut, Nikolai Ssergejewitsch! In der Droschke hatte er noch einmal seine Instruktionen wiederholen wollen, es aber vergessen, und so fuhren sie beide schweigend, gebeugt, beide alt und grau in tiefen Gedanken, und um sie lärmte heiter und vergnügt die Stadt: Es war Fasching, und in den Straßen herrschte buntes Leben und Treiben. Sie hatten sich hingesetzt. Der Oberst stand in der vorgenommenen Pose, die rechte Hand hinter dem Rocküberschlag. Ssergei saß einen Augenblick lang, sah dicht neben sich das runzelige Gesicht der Mutter und sprang auf. – Sitz doch, Ssereshenka, bat die Mutter. – Setz dich, wiederholte der Vater. Sie schwiegen. Die Mutter lächelte eigentümlich. – Wieviel Schritte wir für dich gemacht haben, Ssereshenka! Der Vater ... – Das war vergeblich, Mamachen. Der Oberst sagte fest: – Wir mußten etwas für dich tun, Ssergei, damit du nicht denkst, die Eltern haben dich im Stich gelassen. Wieder schwiegen sie. Es war zu entsetzlich, etwas zu sagen, jedes Wort auf der Zunge verlor seinen Sinn und bedeutete nur das eine: Tod! Ssergei sah den sauberen, nach Benzin riechenden Rock des Vaters an und dachte: sie halten jetzt keinen Burschen mehr, also reinigt er selbst seinen Rock. Wie habe ich es früher nicht bemerkt, wann er ihn rein macht? Wahrscheinlich früh am Morgen. Und plötzlich fragte er: – Und wie geht es Schwester Nina? Ist sie gesund? – Ninotschka weiß nichts ... beeilte sich die Mutter zu antworten. Der Oberst unterbrach sie streng: – Warum sprichst du die Unwahrheit? Das Mädchen hat es in der Zeitung gelesen. Ssergei soll wissen, daß alle seine Angehörigen in dieser Zeit an ihn gedacht haben und ... Weiter kam er nicht. Plötzlich veränderte sich das Gesicht der Mutter, verzog sich, zuckte, wurde naß und unkenntlich. Die farblosen Augen weiteten sich, immer rascher, kürzer und lauter ging der Atem. – Sse-Sse-Sse-Sse, wiederholte sie, ohne die Lippen zu bewegen. Sse... – Mamachen! Der Oberst trat vor. Jede Falte seines Rockes, jede Runzel im Gesicht erbebte. Nicht ahnend, wie furchtbar er selbst in seiner Totenblässe, seiner verzweifelten, qualvollen Energie war, sagte er zu seiner Frau: – Schweig! Quäle ihn nicht. Quäle ihn nicht. Er muß ja sterben. Quäle ihn nicht! Sie schwieg bereits verschüchtert. Aber er wiederholte noch immer mit verhaltenem Zittern, die geballte Faust gegen die Brust gedrückt: – Quäle ihn nicht ... Dann trat er zurück, schob die Hand hinter den Rocküberschlag und fragte mit erzwungener Ruhe und weißen Lippen: – Wann? – Morgen früh, antwortete Ssergei mit ebenso weißen Lippen. Die Mutter schaute zu Boden, bewegte kauend den Mund und schien nicht zu hören. Dann ließ sie, immer noch kauend, die gewöhnlichen, hier so seltsam klingenden Worte fallen: – Ninotschka schickt dir einen Kuß, Ssereshenka. – Küsse sie von mir, sagte Ssergei. – Danke. Und Chwostows lassen dich grüßen. – Was für Chwostows? ach so, die ... Der Oberst unterbrach sie: – Jetzt müssen wir gehen. Steh auf,

Mutter, es muß sein. Auf beide gestützt, richtete sich die Mutter auf.
– Verabschiede dich, befahl der Oberst, bekreuzige ihn! Sie tat alles,
was man ihr vorschrieb. Als sie aber den Sohn bekreuzigte und mit
schnellem Kuß geküßt, schüttelte sie den Kopf und wiederholte
immer wieder: – Nein, so war es nicht. Nicht so – nein – nein – nein.
Was sollte ich dann, was muß ich jetzt sagen? Nein, nicht so ... – Leb
wohl, Ssergei, sagte der Vater. Sie drückten sich fest die Hand und
küßten sich schnell. – Du ... begann Ssergei. – Nun? fragte der Vater
schroff. – Nein so nicht. Nein, nein. Was sage ich denn? wiederholte
die Mutter. Sie hatte sich wieder gesetzt und wiegte den Oberkörper hin und her. – Du ... begann Ssergei von neuem und plötzlich
wurde sein Gesicht kläglich, weinerlich wie bei einem Kinde, seine
Augen füllten sich mit Tränen, und durch den glitzernden Tränen-
schleier sah er ganz nahe vor sich das weiße Gesicht des Vaters mit
ebensolchen Tränen in den Augen: – Vater, du bist ein edler Mensch
... – Was sagst du da? Was sagst du da? wiederholte der Oberst
erschrocken. Und mit einemmal sank er zusammenbrechend an die
Schulter des Sohnes. Einst war er größer als Ssergei, jetzt war er
ganz klein, und der magere Kopf mit den wirren Haaren lag wie ein
weißer Knäuel an der Schulter des Sohnes. Und beide küßten sich
schweigend, leidenschaftlich; Ssergei das wirre, weiße Haar, der
Alte den Arrestantenrock. – Und ich? fragte plötzlich eine laute
Stimme. Sie sahen auf. Die Mutter war aufgestanden und blickte sie
erhobenen Hauptes neidisch, fast feindlich an. – Was willst du,
Mutter? rief der Oberst. – Und ich? sagte sie den Kopf schüttelnd,
mit einem Ausdruck wilder Entschlossenheit. – Ihr küßt euch, und
ich? ... Ihr Männer küßt euch? ... Und ich? Wo bleibe ich? –
Mamachen! Ssergei stürzte auf die Mutter zu. Und da geschah etwas, was nicht erzählt werden kann und soll. Die letzten Worte des
Obersten waren: – Ich segne dich für den Tod, Sseresha! Stirb tapfer
wie ein Offizier! Und sie gingen. Fort waren sie. Sie kamen, standen,
sprachen, und plötzlich waren sie gegangen. Hier hatte die Mutter
gesessen, hier stand der Vater – und plötzlich waren sie fort. In
seine Zelle zurückgekehrt, legte sich Ssergei auf die Pritsche, mit
dem Gesicht zur Wand, um sich den Blicken des Soldaten zu ent-
ziehen, und weinte lange. Dann schlief er, ermüdet von den Tränen,
fest ein.

Zu Wassilij Kaschirin kam nur die Mutter. – Der Vater, ein reicher Kaufmann, fühlte sich nicht bewogen. Wassilij empfing die Alte im Zimmer auf- und abgehend, vor Kälte zitternd, obwohl es warm, ja sogar heiß war. Die Unterhaltung war kurz und peinvoll. – Sie hätten nicht kommen sollen, Mama. Sie quälen nur sich und mich. – – Ach, warum tatst du das, Wassja! Ach Gott, ach Gott! Die Alte weinte und wischte sich mit einem Zipfel ihres schwarzwollenen Kopftuches die Augen. Wassilij und seine Brüder waren es gewöhnt, die Mutter, die schwer von Begriff war, anzuschreien, und so sagte er auch jetzt unmutig, vor Kälte zitternd: – Da haben wir's! Das wußte ich ja! Sie verstehen doch auch gar nichts, Mama! – Gar nichts! – Nun gut, gut ... was ist dir? Ist dir kalt? – Kalt ... –? fiel er ihr ins Wort und begann seine Wanderung von neuem, mit scheelem Blick auf die Mutter. – Vielleicht bist du erkältet? – Ach, Mama, wo soll man da erkältet sein ... wenn ... Er machte eine desperate Bewegung mit der Hand. Die Alte wollte sagen: Papa läßt seit Montag Blinis für dich backen,... erschrak aber und fing an zu klagen: – Ich sagte ihm: es ist doch dein Sohn. Geh hin und gib ihm deine Verzeihung. Nein, versteift sich der alle Ziegenbock ... – Zum Teufel mit ihm! Was für ein Vater ist er mir!? Ein Lump ist er sein Leben lang gewesen und geblieben. – Wassenka, sprichst du so über deinen Vater? Die Alte richtete sich vorwurfsvoll auf. – Ja, über meinen Vater. – Deinen leiblichen Vater? – Wann war er mir ein leiblicher Vater? Es war zu läppisch und widersinnig. Vor ihm stand der Tod, und hier erwuchs etwas Nichtiges, Leeres, Witzloses, und Worte krachten, wie Nußschalen unter der Fußsohle. Beinahe weinend vor Qual und gemartert von dem steten Nichtverstehen, das wie eine Wand sein ganzes Leben zwischen ihm und den Seinen gestanden und jetzt in den letzten Minuten vor dem Tode die kleinen blöden Augen wild aufriß, schrie Wassilij:

– So verstehen Sie doch, ich werde gehängt! Gehängt! Begreifen Sie noch nicht? Gehängt!

– Hättest du niemand angerührt, dann würde man ... schrie die Alte.

– O Gott! Was ist denn das eigentlich? So was gibt es ja nicht einmal bei Tieren. Bin ich Ihr Sohn oder bin ich es nicht?

Er fing an zu weinen, und setzte sich in eine Ecke. Auch die Alte weinte in ihrem Winkel. Unfähig, in sich auch nur für einen Moment verstehende Liebe zu finden und diese dem Entsetzen des nahenden Todes entgegenzustellen, weinten beide mit kalten, das Herz unberührt lassenden Tränen der Einsamkeit. Die Mutter sagte:

– Du fragst, ob ich deine Mutter bin oder nicht, machst mir Vorwürfe. Ich bin in diesen Tagen ganz grau, ein altes Weib geworden. Und du sprichst so und machst mir Vorwürfe ...

– Schon gut, Mama. Verzeihen Sie mir. Sie müssen jetzt gehen. Küssen Sie die Brüder von mir.

– Bin ich denn nicht deine Mutter? Geht es mir denn nicht nah? Endlich ging sie. Sie weinte heftig, mit dem Tuchzipfel die Augen wischend und achtete nicht auf den Weg. Und je mehr sie sich vom Gefängnis entfernte, um so reichlicher flossen die Tränen. Sie ging zum Gefängnis zurück und verirrte sich in der Stadt, wo sie geboren und aufgewachsen und alt geworden war. Verirrte sich in ein leeres Gärtchen, mit alten behauenen Bäumen und setzte sich auf eine nasse Bank. Und mit einem Mal hatte sie es begriffen: Morgen würde er gehängt!... Die Alte sprang auf, wollte laufen, aber da erfaßte sie ein Schwindel, und sie fiel hin. Der vereiste Weg war naß und schlüpfrig, und die Alte konnte nicht aufstehen. Sie wälzte sich hin und her, stützte sich mit Ellenbogen und Knien und fiel wieder auf die Seite. Das schwarze Tuch war herabgeglitten und ließ am Hinterkopf eine kahle Stelle, zwischen den schmutzig-grauen Haaren frei. Sie glaubte auf einem Hochzeitsmahl zu sein; der Sohn heiratete, und sie hatte Wein getrunken, sich stark berauscht. – Ich kann nicht mehr ... bei Gott, ich kann nicht mehr ... lehnte sie ab, wackelte mit dem Kopf und kroch über die nasse Eiskruste, und die ganze Zeit goß man ihr Wein ein, immerfort Wein ein ... Und das Herz tat ihr weh, vom vielen Lachen, dem Essen und Trinken und dem wilden Tanz ... und immerfort goß man ihr Wein ein, immerfort goß man ihr Wein ein ...

VI

Die Stunden eilen

In der Festung, wo die verurteilten Terroristen saßen, steht ein Glockenturm mit altertümlichem Uhrwerk. Jede ganze, jede halbe, jede viertel Stunde erklingt das traurige, langgezogene Schlagen der Uhr und erstirbt in der Höhe wie der klagende Ruf der Zugvögel. Tagsüber verlor sich diese eigentümlich wehmütige Musik im Stadtlärm der großen belebten Straßen, die an der Festung vorbeiführen. Tramways spektakelten, Pferdehufe klapperten, schon von weitem hörte man das Tuten der Automobile. Zur Faschingswoche waren aus der Umgegend spezielle Fuhrleute – Bauern – eingefahren, und die Schellen an den Hälsen ihrer kleinrussischen Pferdchen erfüllten die Luft mit lustigem Gebimmel. Und ein Sprechen und Lachen auf der Straße, das vergnügte, nicht ganz nüchterne Sprechen der Butterwoche! Also vielstimmig feierte der junge Frühling mit Tauwetter, schmutzigen Pfützen und unversehens schwarz gewordenen Bäumen an den Squares seinen Einzug. Vom Meer her blies in breiten, feuchten Wellen ein warmer Wind; mit eigenen Augen glaubte man die winzigen Luftpartikelchen zu sehen, die lustig in eiligem Flug in unbekannte Weiten entschwanden. Nachts verstummten die Straßen, beim alleinigen Licht der großen elektrischen Sonnen. Dann versank die riesige Festung, an deren glatten Mauern kein Lichtchen brannte, in Finsternis und Stille; wie ein Bild des Schweigens, des Todes und des Dunkels lag sie gesondert von der ewig lebendigen, regsamen Stadt. Und das Schlagen der Uhr wurde vernehmbar; erdenfern, langsam und traurig erstand und verklang diese seltsame Melodie in der Höhe, wurde wiedergeboren, lag leise klagend im Ohr, brach ab und begann von neuem. Große, helle Glastropfen, fielen die Stunden und Minuten in eine leise klingende Metallschale. Oder war es der Ruf der Zugvögel? ... In den Einzelzellen der Verurteilten vernahm man Tag und Nacht diesen Klang. Durchs Dach, durch die Dicke der Steinmauern drang er, brachte die Stille ins Schwanken und entschwand unmerklich, um ebenso unmerklich wiederzukommen. Manchmal vergaß man ihn, hörte ihn nicht; manchmal wartete man auf ihn, lebte, von Schlag zu Schlag, der Stille mißtrauend. Nur für schwere Verbrecher war dieses Gefängnis bestimmt, besonders harte, strenge und rauhe Gesetze, wie die eckigen Festungsmauern selbst, herrschten darin. Wenn Strenge Adel in sich schließen kann, so war es die taube, tote, majestätische, stumme Stille in ihr, die jedes Geräusch, jedes leichte Atmen auffing.

Und in dieser feierlichen Stille, erschüttert vom traurigen Klang der enteilenden Minuten, erwarteten getrennt von allen Lebenden, fünf Menschen, zwei Frauen und drei Männer, das Anbrechen der Nacht, das Morgengrauen und die Hinrichtung und bereiteten sich jeder auf seine Weise darauf vor.

VII

Es gibt keinen Tod

Ihr ganzes Leben lang hatte Tanja Kowaltschuk nur an andere und nie an sich selbst gedacht. So quälte und grämte sie sich jetzt auch nur um ihre Kameraden ab. Den Tod stellte sie sich nur für Sseresha Golowin, Mußja und die anderen wie etwas Quälendes vor, sie selbst schien er gar nichts anzugehen. Als Reaktion auf die erzwungene Festigkeit vor Gericht weinte sie jetzt stundenlang wie alle Weiber, die viel Kummer im Leben gehabt, zu weinen verstehen, oder wie junge, sehr mitfühlende, sehr gute Menschen. Und der Gedanke, daß Sseresha nicht ohne Tabak leben konnte, und Werner seinen gewohnten starken Tee entbehren mußte, peinigte sie nicht weniger als der Gedanke an deren Hinrichtung. Die Hinrichtung war etwas Unvermeidliches, beinahe Indifferentes, an das man nicht zu denken brauchte, aber im Gefängnis vor der Hinrichtung ohne Tabak zu sein, ist unerträglich. Sie versank in Erinnerungen, griff liebe Einzelheiten aus ihrem gemeinsamen Leben heraus, wurde starr vor Entsetzen bei der Vorstellung eines Wiedersehens von Ssergei mit seinen Eltern. Mit besonderem Mitgefühl dachte sie an Mußja. Schon lange hatte es ihr geschienen, als liebe Mußja Werner – wobei sie sich allerdings auf dem Holzwege befand – und träumte von etwas Hellem und Schönem für diese beiden. Noch in Freiheit hatte Mußja einen silbernen Ring mit einem Schädel, zwei Knochen und einer Dornenkrone verziert, getragen; immer hatte Tanja Kowaltschuk diesen Ring wie eine Vorbedeutung des Todes angesehen und Mußja halb im Scherz, halb im Ernst gebeten, den Ring abzulegen. – Schenk ihn mir, versuchte sie ihn abzubetteln. – Nein, Tanetschka, den schenk ich dir nicht. Du wirst bald einen andern Ring am Finger tragen. Aus irgendeinem Grunde glaubten die Kameraden ihrerseits, daß Tanja Kowaltschuk bald heiraten würde, und das kränkte sie – sie wollte keinen Mann. In Erinnerung an dies halb scherzende Gespräch verging sie vor mütterlichem Herzeleid und erstickte fast an ihren Tränen. Und jedesmal wenn die Uhr schlug, hob sie das verweinte Gesicht und horchte, wie man wohl dort in den andern Zellen diesen gedehnten, hartnäckigen Todesruf aufnahm.

Aber Mußja war glücklich.

Die Hände auf dem Rücken, in dem für sie viel zu weiten Arrestantenrock, der sie einem Manne ungeheuer ähnlich machte, ging sie unermüdlich mit gleichmäßigen Schritten auf und ab. Die Ärmel waren ihr viel zu lang, so daß sie dieselben zurückgeschlagen hatte. Die dünnen, fast kindlich schmalen Arme hingen aus der breiten Ärmelöffnung wie Blumenstengel aus dem Halse eines schmutzigen, plumpen Kruges. Das grobe Zeug rieb und kratzte den dünnen und weißen Hals, und dazwischen befreite Mußja mit beiden Händen die Kehle und befühlte vorsichtig mit den Fingern die Stelle, wo sich die irritierte Haut rötete und wund geworden war.

Mußja ging auf und nieder und entschuldigte sich aufgeregt und errötend vor den Menschen. Sie rechtfertigte sich dafür, daß man sie, so klein, unbedeutend und so wenig Heldin, denselben schönen und ehrenvollen Tod sterben ließ, den wirkliche Helden und Märtyrer gestorben waren. Im unerschütterlichen Glauben an menschliche Güte, an Mitgefühl und Liebe stellte sie sich vor, wie sich die Menschen ihretwegen ängstigten, quälten, sie beklagten, und ihr Gewissen schlug, so daß ihr die Röte in die Wangen stieg. Als beginge sie durch den Tod um Galgen irgendeine große Unschicklichkeit. Bei der letzten Begegnung mit ihrem Verteidiger hatte sie ihn gebeten, ihr Gift zu verschaffen. Doch plötzlich kam ihr folgender Gedanke: wenn er oder die anderen am Ende glaubten, sie tue das aus Pose oder Feigheit, und sie, anstatt still und bescheiden aus dem Leben zu gehen, dadurch nur noch mehr Aufsehen erregte? Und hastig halte sie hinzugefügt: – Übrigens, nein. Es ist nicht nötig. Jetzt hatte sie nur den einen Wunsch: den Menschen klar zu machen und zu beweisen, daß sie durchaus keine Heldin war, und daß das Sterben gar nicht schrecklich ist, daß man sich nicht um sie sorgen und sie beklagen sollte. Ihnen klar zu machen, daß sie ganz unschuldig daran sei, wenn man sie, so klein und unbedeutend, wie sie war, solch einen Tod sterben ließ und so viel Lärm davon machte.

Wie ein Mensch, den man wirklich anklagt, suchte sie nach Entschuldigungen, bemühte sich auch nur etwas zu finden, was ihr Opfer erhöht, ihm einen positiven Wert verliehen hätte.

– Gewiß, ich bin jung und hätte noch lange leben können, aber ...

Und wie das Kerzenlicht beim Glanz der aufgehenden Sonne verblaßt, so erloschen Leben und Jugend vor dem Großen, Leuchtenden, das ihr bescheidenes Haupt umstrahlen sollte. Es gab keine Rechtfertigung.

Vielleicht das Besondere, das sie in ihrer Seele trug, die grenzenlose Liebe, die grenzenlose Opferwilligkeit, die grenzenlose Geringschätzung ihrer selbst? Sie war doch wirklich nicht schuld daran, daß man sie hinderte, all das zu tun, was sie konnte und wollte. – Am Eingang des Tempels, am Fuße des Opferaltars erschlug man sie ...

Wenn aber der Mensch nicht allein nach dem, was er vollbracht, sondern nach dem, was er tun wollte, eingeschätzt wird, dann – ja dann war sie der Märtyrerkrone würdig.

Wirklich, dachte Mußja verschämt, bin ich wirklich würdig? Würdig dessen, daß die Menschen mich beweinen und beklagen, mich kleine, unbedeutende Person?

Unsägliche Freude erfaßte sie. Kein Zweifel, sie ist aufgenommen in die Gemeinschaft, sie tritt mit gleichem Recht in die Reihen der Leuchtenden, die von altersher durch Scheiterhaufen, Marter und Hinrichtungen zum hohen Himmel eingegangen sind. Lichter Friede, Ruhe und grenzenloses, leise leuchtendes Glück umfingen sie. Als hätte sie schon die Erde verlassen und näherte sich der unbekannten Sonne der Wahrheit und des Lebens, schwebte körperlos in ihrem Licht.

– Das ist der Tod? Was für ein Tod denn, dachte Mußja selig.

Und wenn sich in ihrer Zelle alle Gelehrten, Philosophen und Henker der Welt versammelt, vor ihr Bücher, Seziermesser, Beile und Schlingen ausgebreitet und ihr bewiesen hätten, daß ein Tod existiert, daß der Mensch stirbt, sein Leben erlischt, daß es Unsterbliches nie gegeben – hätte sie dieselben nur angestaunt ... Wie sollte es keine Unsterblichkeit geben, wenn sie schon jetzt unsterblich war?... Von welcher Unsterblichkeit, von welchem Tode war denn noch die Rede, wenn sie schon jetzt tot und unsterblich war, im Tode lebendig, wie sie im Leben lebendig gewesen ...

Wenn man ihr einen Sarg mit ihrem eigenen verwesenden Körper darin, der die Zelle mit üblem Geruch füllte, gebracht und gesagt hätte:

– Sieh! das bist du!

Sie hätte darauf hingesehen und erwidert:

– Nein, das bin ich nicht!

Wenn man versucht hätte, sie mit dem unheilvollen Aussehen der Zersetzung schreckend zu überzeugen, daß sie dies sei, hätte Mußja mit einem Lächeln gesprochen:

– Nein. Ihr denkt wohl, daß ich das bin, aber ich bin es nicht. Ich bin die, die mit euch spricht; wie kann ich denn dies sein?

– Aber du wirst sterben, um so zu werden.

– Nein, ich sterbe nicht.

– Du wirst gehenkt – da, die Schlinge.

– Man wird mich hängen, aber ich sterbe nicht. Wie kann ich sterben, wo ich schon jetzt unsterblich bin?

Und die Gelehrten, Philosophen und Henker wären gegangen, mit Schaudern sprechend:

– Rührt diesen Ort nicht an, er ist heilig.

Woran dachte Mußja noch? An vieles dachte sie, denn der Lebensfaden war nicht durch den Tod gerissen und spann sich ruhig und gleichmäßig fort. Sie dachte an die Kameraden, an jene in der Ferne, die ihre Hinrichtung mit Schmerz und Qual überstehen würden, und an die Nahestehenden, die mit ihr zum Schafott gingen.

Sie wunderte sich über Wassilij, daß er sich so ängstigen konnte – er war immer so tapfer gewesen und hatte sogar mit dem Tode gescherzt. Noch am Dienstagmorgen, als sie sich alle, darunter auch Wassilij, mit den Bomben umgürteten, welche sie selbst nach ein paar Stunden in die Luft sprengen sollten, hatten Tanja Kowaltschuks Hände so gezittert, daß man sie ausschließen mußte, während Wassilij sich scherzend umgürtet hatte, sogar unvorsichtig damit umging und sich herumdrehte, so daß Werner streng sagte:

– Man braucht nicht mit dem Tode zu kokettieren.

Was ängstigte ihn jetzt? So fremd war Mußja diese unbegreifliche Angst, daß sie bald nicht mehr daran dachte und nach der Ursache forschte. Und mit einem Male sehnte sie sich unmenschlich nach Ssergei Golowin und seinem Lachen. Und noch ärger sehnte sie sich nach Werner und wollte ihm etwas klarmachen und im Glauben, daß Werner in seinem festauftretenden, gemessenen, mit den Absätzen den Boden stampfenden Gang neben ihr schritt, sagte Mußja zu ihm:

– Mein lieber Werner, das ist der reine Unsinn. Es ist absolut nicht wichtig, ob du N. N. umgebracht hast oder nicht. Du bist klug, aber du machst immer so, als wenn du Schach spieltest: Hier eine Figur genommen, da eine Figur und gewonnen ist die Partie! Wichtig ist das hier, Werner, daß wir selbst zu sterben bereit sind. Verstehst du? Was denken sich denn diese Herren? Daß es nichts Schrecklicheres als den Tod gibt. Sie selbst haben den Tod ausgedacht, fürchten sich vor ihm und schrecken uns damit. Ich hätte große Lust, allein vor ein ganzes Regiment Soldaten zu treten und mit dem Browning auf sie zu schießen. Wenn ich auch ganz allein wäre und sie Tausende, und wenn ich auch niemand erschieße ... das ist das wichtigste, daß sie Tausende sind. Wenn Tausende einen töten, so hat dieser eine gesiegt. So ist es, Werner.

Aber das war ja alles so klar, daß es gar keines weiteren Beweises bedurfte. Werner hatte das wohl auch selbst begriffen. Vielleicht aber wollte sie ihre Gedanken nicht auf einen Punkt konzentrieren, wie ein Vogel in den Lüften, dem der ganze Himmelsraum in seiner Tiefe, Holdseligkeit und zarten schmeichelnden Bläue offen steht. Unentwegt schlug die Uhr, die dumpfe Stille erschütternd, und mit diesem harmonischen, fernen und schönen Klang verschmolzen Mußjas Gedanken, begannen mitzuschwingen; die vorübergleitenden Bilder wurden zu Musik. Als fahre sie in stiller, dunkler Nacht auf breiter, ebener Landstraße bei Schellengeklingel, von weichen Federn gewiegt. Alle Aufregung und Unruhe war gewichen, der müde Körper löste sich im Dunkel auf, und der mattfrohe Sinn schuf helle freundliche Gedanken, berauschte sich an Farben und stillem Frieden. Mußja dachte an drei Kameraden, die kürzlich gehängt wurden und sah ihre Gesichter hell und freudig und nah, näher als die Gesichter derer, die noch am Leben. So denkt der

Mensch am Morgen heiter an das Haus seines Freundes, das er abends mit einem Gruß und Lächeln auf den Lippen betritt.

Das Gehen hatte Mußja sehr ermüdet. Sie legte sich vorsichtig auf die Pritsche und sann weiter, mit leicht geschlossenen Lidern. Unentwegt schlug die Uhr, die stumme Stille erschütternd, und in ihre klingenden Ufer gebettet, glitten helle, leise singende Phantasien dahin. Mußja dachte:

– Ist das wirklich der Tod? Mein Gott, wie schön ist er! Oder ist es das Leben? Ich weiß es nicht. Man muß es erleben.

Schon lange, von den ersten Tagen der Gefangenschaft ab, litt sie an Gehörstäuschungen. Sehr musikalisch von Natur, hatte sich ihr Gehör in dieser Stille verschärft und schuf sich auf ihrer Basis, aus den spärlichen Brocken des Lebens, den Schritten der Wache im Korridor, dem Schlagen der Uhr, dem Rütteln des Windes auf dem Blechdach, dem Knarren der Laterne, ganze Tonbilder. Anfangs hatte sich Mußja davor gefürchtet und sie wie krankhafte Halluzinationen zu verscheuchen gesucht. Später begriff sie, daß sie ganz gesund war, dies also kein krankhafter Zustand und gab sich demselben ruhig hin.

Und jetzt plötzlich vernahm sie klar und deutlich die Klänge einer Militärkapelle. Voll Staunen schlug sie die Augen auf und hob den Kopf ... hinter dem Fenster war tiefe Nacht, die Uhr schlug. Also wieder, dachte sie beruhigt, und schloß die Augen. Kaum hatte sie die Lider geschlossen, als die Musik von neuem einsetzte.

Ganz deutlich hört sie, wie von rechts um die Ecke des Gebäudes ein ganzes Regiment Soldaten gezogen kommt, unter ihrem Fenster vorbeimarschiert. Gleichmäßig, im Takt, stampfen die Füße auf der gefrorenen Erde: eins, zwei – eins, zwei, dazwischen hört sie sogar das Knirschen eines ausgleitenden Stiefels, der gleich wieder zurechtgerückt wird. Näher kommt die Musik. Ein fremder, aber sehr lauter und aufmunternder Festmarsch; jedenfalls ist heute ein Feiertag in der Festung. Jetzt ist die Kapelle dicht unter ihrem Fenster, und die ganze Zelle ist erfüllt von fröhlichen, rhythmischen vielstimmigen Klängen. Eine große Trompete bläst scharf vorbei, bald nachbleibend, bald komisch vorauseilend – Mußja sieht den Soldaten mit der Trompete, seine angestrengte Miene und muß lachen.

Und vorbei sind sie. Die Schritte verhallen: eins, zwei – eins, zwei ... Von weitem ist die Musik noch eindringlicher, noch munterer. Einmal und noch einmal kreischt die Trompete laut und falsch mit ihrer Messingstimme auf, und alles ist zu Ende. Und wieder schlägt die Uhr auf dem Glockenturm langsam und wehmütig, kaum, kaum die Stille erschütternd.

– Fort sind sie! denkt Mußja mit leisem Bedauern, sie vermißt die fröhlichen, komischen, verhallten Klänge, vermißt die entschwundenen Soldaten; diese eifrigen Soldatchen, mit ihren Messinghörnern und knarrenden Stiefeln sind ja ganz andere, ganz andere als die, auf welche sie so gerne mit einem Browning geschossen hätte.

– Bitte noch! sagte sie schmeichelnd.

Und sie kommen zurück. Neigen sich vor ihr, umringen sie in lichter Wolke, tragen sie höher und höher, dorthin wo die Zugvögel fliegen und ihre Stimme erschallen lassen, wie Herolde. Rechts, links, über und unter ihr rufen sie, wie Herolde. Sie rufen, kündigen sich an, erzählen von ihrem Flug. Weit holen sie mit den Flügeln aus; die Dunkelheit trägt sie, ebenso wie das Licht sie trägt; mit schwellender Brust durchschneiden sie die Luft; tief unten schimmert bläulich die entschwindende Stadt. Immer ruhiger pocht das Herz, immer ruhiger und leiser geht Mußjas Atem. Sie schläft ein. Das Gesicht blaß und müde, um die Augen dunkle Ränder, die mageren Mädchenarme so dünn, und auf den Lippen ein Lächeln. Morgen, wenn die Sonne aufgeht, ist dieses Antlitz zu einer unmenschlichen Grimasse verzerrt, dickes schweres Blut ergießt sich ins Gehirn und die verglasten Augen treten aus den Höhlen. Heute schläft sie still und lächelt in ihrer großen Unsterblichkeit.

Mußja ist eingeschlafen.

Und das Gefängnis lebt sein Leben weiter, das taub-wache, blindscharfsichtige Leben, das wie der ewige Schreck selbst ist. Irgendwo wird gegangen. Irgendwo geflüstert. Irgendwo rasselt ein Gewehr. Jemand scheint zu schreien. Vielleicht schreit auch niemand, und nur die Stille täuscht.

Geräuschlos öffnet sich das kleine Fenster in der Tür. In der dunklen Öffnung erscheint ein finsteres, bärtiges Gesicht. Lange ruht das Auge staunend auf Mußjas ausgestreckter Gestalt und verschwindet ebenso geräuschlos, wie es gekommen.

Langgezogen, quälend, singt und klingt das Glockenspiel. Wie auf einen hohen Berg schleppen sich die Stunden zur Mitternacht, immer schwerer und schwerer wird das Steigen. Sie gleiten, straucheln und fallen stöhnend in die Tiefe und kriechen von neuem mühsam zum schwarzen Gipfel hinauf.

Irgendwo wird gegangen. Irgendwo geflüstert. Schon spannt man die Pferde an die schwarze Kutsche ohne Laterne.

VIII

Tod und Leben

Ssergei Golowin hatte den Tod stets als etwas Nebensächliches, das ihn nichts anging, betrachtet. Er war ein kräftiger, gesunder und lustiger Bursche, mit jener ruhigen und hellen Lebensfreudigkeit begabt, die jeden schlimmen, lebensverneinenden Gedanken schnell und spurlos aus dem Organismus ausscheidet. Ebenso schnell, wie bei ihm jede Verletzung und Wunde heilte, drang alles Quälende, seine Seele Belastende unverzüglich nach außen und verschwand. Bei jeder Beschäftigung oder Unterhaltung, sei es beim Photographieren, Velozipedfahren oder Vorbereiten eines terroristischen Aktes, immer trug er denselben ruhigen und lebensfrohen Ernst zur Schau. Alles im Leben war lustig, alles im Leben war ernst, alles mußte gut gemacht werden.

Und er machte alles gut, segelte ausgezeichnet, schoß vorzüglich mit dem Revolver, war treu in Freundschaft und Liebe und glaubte fanatisch an das Ehrenwort. Seine Freunde sagten neckend von ihm, daß, wenn ein Spion oder berüchtigter Spitzel ihm auf Ehrenwort versicherte, er sei kein Spion, würde Ssergei ihm glauben und freundschaftlich die Hand drücken. Einen Fehler hatte er: Er war überzeugt, sehr gut singen zu können, während er keine Spur von Gehör hatte und schauderhaft falsch sang, sogar bei revolutionären Liedern, aber er ärgerte sich sehr, wenn man lachte.

– Entweder seid ihr Esel oder ich bin ein Esel, sagte er ernsthaft gekränkt. Und ebenso ernsthaft dachten die anderen: Der Esel bist du. An der Stimme kann man's erkennen.

Wie das häufig mit guten Menschen der Fall ist, liebte man ihn um dieser kleinen Schwäche willen fast noch mehr als wegen seiner Vorzüge.

Den Tod fürchtete er und dachte an ihn so wenig, daß er an jenem kritischen Morgen vor Aufbruch aus Tanja Kowaltschuks Wohnung ganz allein und mit Appetit tüchtig gefrühstückt hatte: zwei Glas Tee, zur Hälfte mit Milch, und ein ganzes Fünfkopekenbrot. Dann blickte er schmerzlich auf Werners unberührte Semmel und sagte:

– Warum ißt du nicht? Iß nur, man muß sich stärken.

– Ich kann nicht.

– Dann eß ich es. Ja?

– Über deinen Appetit kann man nicht klagen, Sseresha.

Statt aller Antwort sang Ssergei mit vollem Munde, dumpf und falsch:

– Feindliche Stürme umbrausen uns[8] ...

Nach der Verhaftung fing er fast an, sich zu grämen. Schlecht gemacht, durchgefallen! Dann besann er sich: Da war jetzt etwas Neues, das gut gemacht werden mußte – das Sterben nämlich, und er wurde wieder ganz munter. Wie seltsam es klingen mag, am nächsten Morgen begann er Gymnastik zu treiben, und zwar nach dem rationellen System eines Deutschen namens Müller, das ihm sehr gefiel. Er entkleidete sich bis auf die Haut, und zum großen Staunen des wachhabenden Soldaten führte er alle achtzehn vorgeschriebenen Übungen aus. Daß ihn der Soldat dabei beobachtete und sich natürlich wunderte, war ihm äußerst angenehm, als wäre er ein Propagandist des Müllerschen Systems; und obwohl er wußte, daß er keine Antwort bekam, sprach er zum Glotzauge im Fenster:

– Das stärkt, Freundchen. Das müßte man im Regiment einführen, rief er überzeugend und freundlich, um den Soldaten nicht einzuschüchtern, nicht ahnend, daß dieser ihn für einen Verrückten hielt.

Die Furcht vor dem Tode kam allmählich – stückweise – zu ihm: als packe jemand sein Herz von unten und stoße es mit der Faust. Dieses Gefühl war eher schmerzhaft als schrecklich. Dann verlor es sich, um nach einigen Stunden wiederzukommen, jedesmal anhaltender und stärker, und schon begann es deutlich die Gestalt einer großen, ja unerträglichen Angst anzunehmen.–

– Ich fürchte mich doch gar nicht, dachte er erstaunt. Das fehlt auch noch!...

---

8 Russisches Revolutionslied.

Nein, nicht er fürchtete sich, sein junger gesunder Körper war es, der sich nicht durch Müllersche Übungen und kalte Abreibungen betrügen ließ. Je kräftiger und frischer er vom kalten Wasser wurde, um so stärker und unerträglicher war das Gefühl sekundenlanger Angst. Gerade in Momenten, wo früher, in Freiheit, er eine besondere Steigerung der Lebenslust und -kraft empfunden hatte, morgens nach festem Schlaf und physischer Anspannung, stellte sich jetzt diese schneidende, gleichsam fremde Angst ein. Er bemerkte es und dachte:

– Du bist wirklich sehr dumm, Ssergei. Um leichter sterben zu können, muß man den Körper schwächen und nicht stärken. Dumm, sehr dumm!

Er gab Turnen und Abreibungen auf. Dem Soldaten rief er wie zur Erklärung und Entschuldigung zu:

– Laß dich dadurch nicht irre machen, daß ich es sein lasse. Es ist doch etwas ganz Famoses, Freundchen. Nur für solche, die gehängt werden, taugt es nichts; für alle andern ist es ausgezeichnet ...

Tatsächlich wurde ihm scheinbar leichter. Er versuchte, weniger zu essen, um noch schwächer zu werden, aber ungeachtet des Mangels an frischer Luft und freier Bewegung war sein Appetit sehr gut, so daß es ihm schwer war, diese Absicht auszuführen und er alles vertilgte, was man ihm brachte. Darauf versuchte er folgendes: Vor dem Essen goß er die Hälfte in den Eimer, und das schien zu helfen. Eine dumpfe Erschöpfung bemächtigte sich seiner.

– Ich werde dir zeigen, drohte er seinem Körper und strich dabei kummervoll über die erschlafften, weichen Muskeln.

Bald hatte sich sein Körper auch an dieses Regime gewöhnt, und die Angst vor dem Tode kam wieder – allerdings nicht so brennend und schneidend wie vorher, aber ekelhafter und steigerte sich bis zur Übelkeit. – Das kommt von diesem langen Hinziehen, sagte Ssergei, man müßte die ganze Zeit bis zur Hinrichtung verschlafen und versuchte soviel wie möglich zu schlafen. Anfänglich gelang es ihm, aber bald stellte sich wohl als Folge davon, oder aus einem anderen Grunde, Schlaflosigkeit ein, und mit ihr kamen scharfe, hellseherische Gedanken und die Trauer um das Leben.

– Fürchte ich mich denn vor diesem Teufel? sagte er in Gedanken an den Tod, mein Leben tut mir leid. Es ist doch etwas herrliches um das Leben, was auch die Pessimisten sagen mögen. Wie wäre es, wenn man alle Pessimisten hängen würde? Schade ums Leben, sehr schade! Warum mußte mir auch gerade jetzt der Bart wachsen? Er wuchs und wuchs nicht und jetzt mit einem Mal. Und wozu?

Ssergei schüttelte kummervoll das Haupt und seufzte tief und schwer. Schweigen. – Ein schwerer, tiefer Seufzer. – Dann kurzes Schweigen und wieder ein noch tieferer, schwererer Seufzer.

So ging es bis zum Gerichtstage und dem letzten schrecklichen Wiedersehen mit den Eltern. Als er in seiner Zelle mit dem klaren Bewußtsein erwachte, daß es mit dem Leben vollständig aus war, daß ihm nur noch ein paar leere Stunden der Erwartung und der Tod bevorstanden, wurde ihm ganz eigentümlich zumut. Als hätte man ihn entkleidet – auf besondere Art entkleidet – nicht nur die Kleider, sondern auch Licht, Luft, Sonne und die Fähigkeit zu handeln genommen. Noch war der Tod nicht da, aber ein Leben gab es auch nicht mehr, etwas anderes, Neues, Unfaßliches, halb Sinnloses halb mit einem Sinn, einem so tiefen, geheimnisvollen und übermenschlichen Sinn, daß es unmöglich war, ihn zu enträtseln.

– Pfui Teufel, dachte Ssergei gequält und erstaunt – ja was ist denn das? Wo bin ich denn? Ich? – Wer ist ich?

Er besah sich aufmerksam und interessiert, angefangen von den großen Arrestantenpantoffeln, bis zum Bauch, wo der Schlafrock weit abstand. Dann begann er mit gespreizten Fingern durch die Zelle zu wandern und betrachtete sich von oben bis unten, wie eine Frau in neuem, etwas zu langem Kleide. Er versuchte den Kopf zu drehen – der Kopf drehte sich. Und dieses alles ein wenig Unheimliche war Ssergei Golowin und sollte es bald nicht mehr sein.

Und sonderbar wurde alles.

Er versuchte durch die Zelle zu gehen – wie sonderbar war's, daß er ging. Er setzte sich; wie sonderbar, daß er saß. Versuchte Wasser zu trinken; wie sonderbar, daß er trank, schluckte und den Krug hielt, daß er Finger hatte und diese Finger zitterten. Er verschluckte sich, fing an zu husten, und beim Husten dachte er: wie sonderbar, daß ich huste.

– Werde ich denn verrückt? fragte sich Ssergei. Es überlief ihn kalt. – Auch das noch, Teufel noch einmal!

Er rieb sich die Stirn, aber auch das war sonderbar. Dann saß er stundenlang wie erstarrt, suchte jeden Gedanken, lautes Atmen, jede Bewegung zu unterdrücken, denn jeder Gedanke war Wahnsinn, jede Bewegung war Wahnsinn. Zeit gab es nicht mehr; luftleer und durchsichtig hatte sie sich in eine Strecke, einen Riesenplatz verwandelt, auf dem alles: Menschen, Erde, Leben zusammen war; alles konnte er mit einem Blick übersehen, alles, bis ans Ende, bis zu dem rätselvollen Abgrund: Tod. Die Qual bestand nicht darin, daß er den Tod sah, aber daß er Tod und Leben neben einander sah. Mit frevler Hand war der Vorhang beiseite geschoben, der von Ewigkeit her das Geheimnis des Lebens und das Geheimnis des Todes verschließt, und sie waren keine Geheimnisse mehr, blieben aber unverständlich, wie die Wahrheit, in fremder Sprache geschrieben. Das menschliche Hirn hat keine Begriffe, die menschliche Sprache keine Worte, um das Gesehene darin zu kleiden. Und die Worte «ich fürchte mich» erklangen nur darum, weil keine Worte, keine Begriffe existieren können, welche zu diesem neuen, überirdischen Zustand gepaßt hätten. So wäre dem Menschen, wenn er innerhalb der Grenzen menschlichen Begreifens, Gefühls und menschlicher Erfahrung bleibend, plötzlich Gott gegenüber stände. Er wird ihn sehen und es nicht begreifen; obschon er weiß, daß es Gott ist, wird er zittern in nie dagewesener Qual, nie dagewesener Verständnislosigkeit.

– Da hast du's, Müller! brachte er plötzlich laut und besonders nachdrücklich hervor und schüttelte den Kopf. Und mit jenem plötzlichen Gefühlsumschlag, dessen die menschliche Seele ja so fähig ist, lachte er laut und herzlich auf:

– O Müller! O Müller, Müller! Du mein einziger, guter Deutscher. Und dennoch hast du recht, Müller, und ich bin ein Esel!

Ein paarmal ging er hastig in der Zelle auf und ab, dann entkleidete er sich zum erneuten, nicht geringen Staunen des Soldaten, der ihn durchs Fensterchen beobachtete, bis auf die Haut und machte vergnügt und übereifrig alle achtzehn Übungen, dehnte und streckte den jungen, etwas abgemagerten Körper, setzte sich, atmete die

Lust ein und aus, reckte Arme und Beine. Und nach jeder Übung sagte er befriedigt:

– So, so, so, ... so ist's recht, Freund Müller. – Seine Wangen röteten sich, aus den Poren trat in heißen, angenehmen Tropfen der Schweiß, fest und ruhig klopfte das Herz. – Die Sache ist nämlich die, lieber Müller, philosophierte Ssergei und blies die Brust auf, daß die Rippen deutlich unter der feinen, gestrafften Haut hervortraten. – Die Sache ist die, daß es noch eine neunzehnte Übung gibt: unbeweglich am Halse hängen... sie heißt: Hinrichtung. Verstanden, Müller? Man nimmt einen lebendigen Menschen, sagen wir Ssergei Golowin, wickelt ihn wie eine Puppe ein und läßt ihn am Halse hängen, bis er tot ist. Das ist dumm, Müller, aber nichts zu machen, es kommt vor. Er machte die Rumpfbeuge nach rechts und wiederholte: – Es kommt vor, Freund Müller...

IX

Furchtbare Einsamkeit

Beim gleichen Schlagen der Uhr, von Ssergei und Mußja nur durch eine leere Zelle getrennt und namenlos einsam, als wäre er ganz allein im Universum, schleppte der unglückliche Wassilij Kaschirin in Angst und Entsetzen sein Leben dem Ende zu. Schweißbedeckt, in nassem, klebendem Hemde, in Strähnen die früher lockigen Haare, rannte er krampfhaft und desperat in seiner Zelle auf und ab. Wie ein Mensch, der an unerträglichen Zahnschmerzen leidet. Setzte sich, lief von neuem, preßte die Stirn gegen die Wand und suchte etwas mit den Augen, als suche er eine Arzenei. Er hatte sich so verändert, wie wenn er zwei verschiedene Gesichter gehabt hätte, das junge von einst war irgendwohin fort, an seine Stelle war ein neues, furchtbares, aus der Dunkelheit stammendes Gesicht getreten. Die Angst vor dem Tode kam mit einem Schlage über ihn, bemächtigte sich seiner ganz und gar. Noch am Morgen auf dem Wege zum sicheren Tode, hatte er mit ihm kokettiert, und schon am selben Tag in der einsamen Zelle überfluteten ihn die Wogen wahnsinniger Angst. Solange er sich selbst, aus freiem Willen in Gefahr und Tod begab, so lange er seinen Tod, obwohl schrecklich von Gestalt, in eigener Hand hielt, war ihm leicht, ja sogar heiter zumut; im Gefühle unbeschränkter Freiheit, kühner und fester Betätigung seines unerschrockenen Willens war diese kleine, verschrumpfte Altweiberangst spurlos verschwunden. Mit der Höllenmaschine umgürtet, verwandelte er sich selbst in eine Höllenmaschine, schloß die grausame Idee des Dynamits in sich, hatte sich seine feurige, totbringende Kraft einverleibt. Und auf der Straße, mitten unter den alltäglichen, hastenden, mit ihren Angelegenheiten beschäftigten Menschen, die sich eilig vor Droschkenpferden und Trambahnen retteten, kam er sich wie ein Fremdling aus anderer unbekannter Welt vor, wo man weder Angst noch Tod kennt.

Und plötzlich diese schroffe, wilde, betäubende Veränderung. Schon geht er nicht mehr dorthin, wo er will, man führt ihn, wohin andere wollen. Er sucht sich nicht mehr seinen Platz aus, man sperrt ihn in einen Steinkäfig und schließt ihn wie eine Sache ein. Er kann nicht mehr frei wählen, Leben oder Tod, wie andere Menschen, er wird ganz gewiß, unbedingt getötet. Vor einigen Augenblicken noch die Verkörperung des Lebens, Willens und der Kraft, ist er in kläglicher Weise ein Bild einzig in der Welt dastehender Ohnmacht geworden, ein Tier, das von der Schlachtbank erwartet wird, ein taubstummes Ding, das man hinstellen, verbrennen, zerbrechen kann. Was er auch gesagt hätte, man hörte ihn nicht; wenn er geschrien hätte, würde man ihm einen Lappen in den Mund stopfen, oder wenn er nicht von selbst die Füße setzte, würde man ihn fortführen und hängen; wenn er sich widersetzt, gestrampelt, auf die Erde geworfen hätte, würde man ihn überwältigen, aufheben, binden und gebunden zum Galgen schleppen. Und daß es Menschen wie er waren, die diese Maschinenarbeit an ihm vollführten, gab ihnen ein neues, fremdes, unheilvolles Aussehen; halb Spukgestalten, die absichtlich ihn zu schrecken kamen, halb aufgezogene, automatische Puppen: Sie nehmen, packen, führen, hängen ihn, reißen ihn an den Beinen, schneiden den Strick ab, legen ihn hin, führen ihn fort und graben ihn ein. Vom ersten Tage im Gefängnis an hatten sich Welt und Menschen für ihn in eine unfaßliche, grauenhafte Gespenster- und Marionettenwelt verwandelt. Halb ohnmächtig vor Entsetzen, versuchte er, sich vorzustellen, daß diese Menschen eine Zunge hätten und sprächen, und konnte es nicht – sie erschienen ihm stumm; versuchte, sich ihrer Gespräche, des Inhalts ihrer Worte, die sie im Verkehr miteinander gebraucht hatten, zu entsinnen – und konnte es nicht. Ihre Münder öffnen sich, etwas erklingt daraus, dann heben sie die Füße und gehen fort. Weiter nichts... Solch ein Gefühl hätte der Mensch, wenn er nachts allein in einem Hause wäre, und mit einem Schlage alle Sachen lebendig würden, sich bewegten und unbegrenzte Macht über ihn gewönnen. Plötzlich fangen sie an, über ihn Gericht zu halten: Schrank, Stuhl, Schreibtisch und Diwan. Er schreit, rennt hin und her, fleht, ruft um Hilfe; Schrank, Stuhl, Schreibtisch und Diwan verständigen sich untereinander und führen ihn dann fort zum Galgen. Die anderen Sachen schauen zu. Und alles erschien Wassilij Kaschirin, den man zum Tode durch den Strang verurteilt hatte, wie Kinderspielzeug: seine Zelle, die Tür mit dem Guckloch, der Schlag der Uhr, die symmetrisch gebaute Festung und besonders die Marionetten mit ihren Flinten, die durch den Korridor stampften, und die andern, die streng zu ihm hereinsahen und schweigend das Essen brachten. Und das, was ihn quälte, war weniger das Grauen vor dem Tode –

eher erschien ihm der Tod jetzt willkommen; in seiner Unfaßlichkeit und urewigen Rätselhaftigkeit war er dem Verstand zugänglicher als diese so wild und phantastisch veränderte Welt. Noch mehr, der Tod war gewissermaßen in dieser sinnlosen Gespenster- und Puppenwelt untergegangen, hatte seinen hohen, geheimnisvollen Sinn verloren, war auch mechanisch und nur deshalb schrecklich geworden. Man nimmt, packt, führt, hängt ihn, zieht ihn an den Beinen, schneidet den Strick ab, legt ihn hin, fährt ihn fort und gräbt ihn ein. Fort aus der Welt ist der Mensch. Vor Gericht hatte die Nähe der Kameraden Kaschirin wieder zu sich gebracht. Für kurze Zeit sah er wieder wirkliche Menschen; man saß und verhandelte über ihn, sagte etwas in menschlicher Sprache, hörte ihm zu und schien ihn zu verstehen. Aber schon beim Wiedersehen mit der Mutter fühlte er deutlich mit dem Grauen eines Menschen, der den Verstand verliert und dieses erkennt, daß die alte Frau da im schwarzen Tuch nichts anderes war als eine automatische Puppe, in der Art, wie die, welche »Pa-pa – Ma-ma« sagen, nur etwas besser konstruiert. Er hatte sich bemüht, mit ihr zu sprechen, und dabei erschauernd gedacht: »O Gott! das ist ja eine Puppe, eine Mamapuppe. Und das ist eine Soldatenpuppe, und zu Hause ist die Papapuppe, und dies hier ist die Puppe Wassilij Kaschirin.« Noch ein Weilchen länger, und er hätte das Knarren des Mechanismus, das Quietschen ungeschmierter Räder gehört. Als die Mutter zu weinen anfing, tauchte für einen Moment etwas Menschliches auf, aber bei den ersten Worten war es verschwunden, und interessant und schrecklich war es zu beobachten, wie aus den Augen der Puppe Wasser lief.

Später, als das Grauen unerträglich wurde, hatte Wassilij Kaschirin in seiner Zelle zu beten versucht. Von alledem, was im väterlichen Hause seine Jünglingsjahre unter dem Namen Religion umgeben hatte, war nichts als ein widerlich bitterer, irritierender Nachgeschmack geblieben. Glauben hatte er keinen. Aber einst, vielleicht in frühester Kindheit, hörte er ein paar Worte, die ihn damals mit zitternder Erregung erfüllten und, von zarter Poesie umwoben, sich fürs ganze Leben in seinem Gedächtnis festsetzten. Diese Worte hießen:

– ... und den Betrübten eine Freude...

In schweren Augenblicken flüsterte er, ohne zu beten und ohne sich dessen bewußt zu sein:... und den Betrübten eine Freude..., dann wurde ihm leichter und es trieb ihn zu jemand Liebem hin, um leise zu klagen:

– Unser Leben... ja ist denn das ein Leben? ... Ach, Liebste, ist denn das ein Leben?

Niemand, auch nicht den besten Freunden, hatte er je etwas von seiner »Freude der Betrübten« gesagt, wußte scheinbar selbst nichts von ihr, so tief hatte sie sich in seine Seele geschlichen, und nur selten erinnerte er sich ihrer. Jetzt, wo das Entsetzen des verbotenen, so sichtbar nahe gerückten Mysteriums über seinem Kopf zusammenschlug, wie die Wogen einer Überschwemmung über den Spitzen der Uferweiden, wollte er beten, wollte niederknien, aber er schämte sich vor dem Soldaten, und die Hände über der Brust gekreuzt, flüsterte er leise: – ... und den Betrübten eine Freude... Und schmerzlich, flehentlich wiederholte er: – Aller Betrübten Freude, komm zu mir und stütze Wassilij Kaschirin... Vor längerer Zeit, in den ersten Semestern auf der Universität, vor der Bekanntschaft mit Werner und dem Eintritt in den Verein, als er noch hin und wieder »durchging«, hatte er sich noch, halb hochtrabend, halb mit Selbstherabsetzung »Waßjka Kaschirin« genannt, und jetzt überkam ihn plötzlich die Lust, sich wieder so zu nennen. Aber tot und tonlos verhallten die Worte. – ... und den Betrübten eine Freude... Da plötzlich tauchte irgendwo tief in seiner Seele ein stilles Leidensantlitz auf, glitt vorüber und zerging, ohne die Todesnacht zu erhellen. Die Uhr auf dem Glockenturm schlug. Im Korridor klapperte jemand mit dem Säbel oder mit der Flinte; langgezogen, mit Übergängen gähnte der Soldat. – ... und den Betrübten eine Freude... Er lächelte bittend und wartete. Aber in der Seele und um ihn blieb es leer. Das stille Leidensantlitz kehrte nicht wieder. Ganz unnützerweise mußte er mit einemmal an Wachskerzen, den Popen im Ornat, Heiligenbilder an der Wand denken. Er sah den Vater vor sich, wie er sich beim Beten vor- und zurückbog, zur Erde niederwarf und unter den Brauen weg nach Wassilij einen Blick warf, ob er nicht allerlei Dummheiten trieb. Und noch schrecklicher wurde ihm zumut als vor dem Beten. Alles war verschwunden. Langsam kam der Wahnsinn herangeschlichen. Das Bewußtsein erlosch wie ein ausgebranntes Feuer, erkaltete wie der Leichnam eines eben verstorbenen Menschen, dessen Herz noch warm, aber Hände und Füße erstarren. Noch einmal flackerte der verlöschende Sinn blutig auf und sagte, daß er, Wassilij Kaschirin, den Verstand verlieren, unsägliche Qualen erdulden, die Grenze von Schmerz und Leid betreten würde, die nie ein lebendes Wesen erreicht, daß er mit dem Kopf gegen die Wand rennen, sich mit dem Finger die Augen ausstoßen, sprechen, schreien könnte, was er wollte, mit Tränen beteuern, daß er es nicht länger ertrage, und nichts, gar nichts würde geschehen.

Und nichts geschah. Die Füße, die ihr eigenes Leben und Bewußtsein hatten, gingen weiter und trugen den zitternden, feuchten Körper. Die Hände, die ihren eigenen Willen hatten, suchten achtsam den Kittel über der Brust zusammenzuhalten, um den zitternden, nassen Körper zu wärmen. Der Körper fror und zitterte. Die Augen sahen. Fast war es die Ruhe selbst.

Noch ein Moment wilden Entsetzens trat ein. Als sie zu ihm kamen. Er dachte nicht einmal daran, daß es zur Hinrichtung fahren hieß; er sah nur die vielen Menschen und erschrak wie ein Kind.

– Ich tu's nicht mehr! Ich tu's nicht mehr! flüsterte er unhörbar mit leichenblassen Lippen und zog sich langsam in die Tiefe der Zelle zurück. Wie in den Kinderjahren, wenn der Vater die Hand zum Schlage erhob.

– Wir müssen fahren! Es wird gesprochen, herumgegangen. Man gibt ihm etwas. Er schließt die Augen, wankt – und beginnt, sich langsam anzukleiden. Das Bewußtsein mußte wohl zurückgekehrt sein. Plötzlich bat er den Beamten um eine Zigarette. Und bereitwillig öffnet dieser sein Etui mit so einer modernen Zeichnung darauf.

X

Die Mauern fallen

Der Unbekannte, der sich Werner nannte, war ein lebens- und kampfesmüder Mensch. Es hatte eine Zeit gegeben, wo er das Leben heiß geliebt, Theater, Literatur und Verkehr mit Menschen genossen; mit wunderbarem Gedächtnis und festem Willen ausgestattet, beherrschte er mehrere europäische Sprachen bis zur Vollkommenheit und konnte sich ruhig als Deutscher, Franzose oder Engländer ausgeben. Deutsch sprach er gewöhnlich mit etwas bayrischem Akzent, konnte aber, wenn er wollte, wie ein geborener Berliner sprechen. Er liebte es, sich gut zu kleiden, hatte vorzügliche Manieren und war der einzige aus seinem Kreise, der es wagen durfte, ohne Gefahr, erkannt zu werden, die Bälle der großen Welt zu besuchen. Schon längst reifte in seiner Seele, von seinen Freunden unbemerkt, eine tiefe Verachtung für die Menschen und eine dumpfe Todesmattigkeit. Eher Mathematiker als Dichter von Natur, kannte er bisher weder Begeisterung noch Ekstase und kam sich zu Zeiten wie ein Wahnsinniger vor, der die Quadratur des Zirkels in Strömen menschlichen Blutes sucht. Der Feind, gegen den er täglich zu kämpfen hatte, konnte ihm keine Achtung abgewinnen; das war ein dichtes Gewebe von Borniertheit, Verrat, Lüge, schmutziger Verleumdung, abscheulicher Betrügereien. Was endgültig die Lebenslust in ihm ausgelöscht hatte, war die Ermordung eines Provokators, die er auf Befehl des Komitees ausgeführt hatte. Er hatte ihn ruhig getötet; als er aber in das leblose, falsche, jetzt stille, immerhin Mitleid erregende Gesicht gesehen – verlor er mit einemmal die Achtung vor sich und seiner Sache. Nicht, daß er Reue empfunden hätte, er hörte einfach auf, sich zu achten, wurde sich selbst uninteressant, gleichgültig, fremd, langweilig. Aus dem Komitee trat er als Mensch von unbeugsamem Willen nicht aus und blieb äußerlich derselbe, nur in den Augen lag etwas Kaltes, Unheimliches.

Er besaß ferner noch eine seltene Eigenschaft. Wie es Menschen gibt, die keine Kopfschmerzen kennen, so kannte er keine Furcht; wenn andere sich fürchteten, so verhielt er sich kritiklos dazu, aber auch ohne Mitgefühl, wie zu einer ziemlich verbreiteten Krankheit, an der er selbst nie gelitten hatte. Seine Kameraden, besonders

Waßja Kaschirin, bedauerte er; aber dies war ein kaltes, fast offizielles Bedauern, dessen gewiß auch manche Richter fähig sind. Werner wußte, daß die Hinrichtung nicht den Tod allein bedeutete, sondern etwas anderes, war aber fest entschlossen, dem Tode ruhig, wie etwas Gleichgültigem entgegenzutreten, bis zum Tode so zu leben, als wäre nichts geschehen und würde nichts geschehen. Dadurch allein konnte er seine tiefe Verachtung für die Todesstrafe ausdrücken und sich die letzte, unantastbare Geistesfreiheit bewahren. Und vor Gericht – selbst seine Kameraden, die seine kalte Unerschrockenheit und seinen Hochmut kannten, hätten es nicht geglaubt – dachte er weder an Leben noch Tod, sondern spielte in Gedanken mit großer Aufmerksamkeit eine schwierige Schachpartie. Er war vorzüglicher Spieler, hatte am ersten Tage seiner Gefangenschaft die Partie begonnen und setzte sie unbeirrt fort. Und das Urteil zum Tode am Galgen verschob keine Figur auf dem unsichtbaren Brett. Selbst die Vermutung, daß er die Partie nicht würde beenden können, schreckte ihn nicht; und den Morgen des Tages, der ihm als letzter auf Erden geblieben, begann er damit, daß er einen gestrigen, nicht ganz glücklichen Zug korrigierte. Die Hände in den Knien saß er lange unbeweglich, dann stand er auf und ging in Gedanken auf und nieder. Er hatte einen eigentümlichen Gang; den Oberkörper leicht vorgebeugt, trat er mit den Absätzen fest und sicher auf; sogar auf trockener Erde hinterließen seine Tritte tiefe sichtbare Spuren. Leise, in einem Atemzug pfiff er eine einfache italienische Melodie – das half ihm nachdenken. Diesmal wollte es nicht gehen. Im unangenehmen Gefühl, einen großen, sogar groben Fehler begangen zu haben, hielt er ein paarmal inne und prüfte die Partie von Anfang an. Er fand keinen falschen Zug, aber das Bewußtsein eines Fehlers verließ ihn nicht, wurde stärker und unangenehmer. Und plötzlich tauchte der unerwartete und kränkende Gedanke auf: Liegt nicht am Ende der Fehler darin, daß ich meine Gedanken durch das Schachspiel von der Hinrichtung ablenken, mich vor jener Todesfurcht bewahren möchte, welcher scheinbar kein Verurteilter entrinnen kann? – Nein, wozu denn? antwortete er sich kalt und klappte ruhig das unsichtbare Brett zu. Und mit derselben Sammlung, derselben Aufmerksamkeit, mit der er gespielt hatte, suchte er sich wie bei einem strengen Examen Rechenschaft von der Hoffnungslosigkeit und Furchtbarkeit seiner Lage zu geben. Er prüfte, nichts übersehend, seine Zelle, zählte die Stunden bis zur Hinrichtung, machte sich ein ungefähres, ziemlich richtiges Bild von der Hinrichtung und zuckte die Achseln. – Nun und? sagte er halb fragend, halb antwortend. Ist das alles? Wo bleibt die Furcht? Die Furcht kam wirklich nicht. Sondern etwas ganz anderes, Gegenteiliges, das Gefühl einer unklaren, aber mächtigen, überwältigenden Freude erwuchs in ihm. Und der Fehler, den er noch immer nicht gefunden hatte, ärgerte und verdroß ihn nicht mehr, sondern erzählte seinerseits laut von etwas Schönem, Unerwartetem, als hätte er einen lieben, guten Freund tot geglaubt, und dieser Freund steht plötzlich lebendig und unversehrt vor ihm und lacht. Wieder zuckte Werner die Achseln und fühlte seinen Puls; das Herz klopfte schneller, aber fest und gleichmäßig mit besonders hellem Schlag. Er betrachtete noch einmal wie ein Neuling im Gefängnis die Wände, das Gitter, den an die Diele geschraubten Stuhl und dachte: – Warum ist mir so leicht und frei zumut? Besonders frei. Ich denke an die morgige Hinrichtung – sie ist nicht da. Ich schaue die Wände an und – sie sind nicht da. So frei, als wäre ich nicht im Gefängnis, sondern eben aus einem Kerker entlassen, in dem ich mein Leben lang gesessen; was ist denn das? Seine Hände begannen zu zittern, eine nie dagewesene Erscheinung bei ihm. Immer heftiger arbeitete das Gehirn. Als zuckten Feuerzungen durch seinen Kopf, als wollte das Feuer nach außen schlagen und weithin die nächtliche, noch dunkle Welt erleuchten. Und es schlug hinaus, und weithin erstrahlte die Welt. Verschwunden war die dumpfe Müdigkeit, die Werner die letzten zwei Jahre gequält hatte, die kalte, tote, drückende Schlange war mit festen Augen und im Tode geschlossenem Rachen vom Herzen gefallen ..., angesichts des Todes kehrte die schöne Jugend zurück. Und mehr als die schöne Jugend. Mit jener wunderbaren Geistesklarheit, die dem Menschen in seltenen Momenten beschert wird und ihn zu den höchsten Höhen der Erkenntnis trägt, sah Werner plötzlich Leben und Tod und staunte über die Großartigkeit des nie gesehenen Schauspiels. Als schreite er auf einem hohen Bergrücken, so schmal wie die Schneide eines Messers, und sehe auf der einen Seite Leben, auf der andern Tod, zwei wunderbare, tiefe Meere, die am Horizont zu unbegrenzter, weiter Fläche zusammenfließen.

– Was ist das? Welch göttlicher Anblick! dachte er langsam und stand unwillkürlich wie in Gegenwart eines höheren Wesens auf.

Und Wände, Raum und Zeit mit erleuchtetem Blick durchdringend, schaute er weit, weit in die Tiefe seines Lebens, von dem er für immer schied.

Und ganz neu sah er dieses Leben vor sich. Er suchte nicht mehr wie vorhin, das Geschehene in Worte zu kleiden. Es gab ja auch gar keine Worte dafür in dieser armseligen, noch so dürftigen menschlichen Sprache. Das Niedrige, Schmutzige und Böse, das in ihm die Verachtung für die Menschen geweckt und sogar Abscheu beim Anblick eines Menschengesichtes erregt hatte, war vollständig verschwunden. So verschwinden für einen Menschen, der mit dem Luftballon aufsteigt, Schmutz und Unrat der engen Gassen des zurückbleibenden Städtchens, und die Häßlichkeit wird zur Schönheit. Werner war an den Tisch getreten und stützte die Hand auf. Stolz und gebieterisch von Natur, hatte er noch nie eine so stolze, freie und gebieterische Haltung eingenommen, noch nie den Kopf so gehalten, noch nie so geblickt ... denn noch nie war er so frei und mächtig gewesen wie hier im Gefängnis, ein paar Stunden vor der Hinrichtung und dem Tode. Und neu und herrlich erschienen die Menschen seinem erleuchteten Blick. Über die Zeit erhaben, erkannte er deutlich, wie jung doch noch die Menschheit war, gestern ein wildes Tier im Walde heulend; und das, was er so abschreckend, scheußlich, unverzeihlich in den Menschen gefunden – wurde ihm plötzlich so lieb – so lieb, wie dem Erwachsenen des Kindes Unvermögen, zu gehen, sein unzusammenhängendes Gestammel, das Genialität verrät, seine komischen Anstrengungen und ruckweisen Bewegungen. – Ihr Lieben! lächelte Werner und hatte plötzlich das Imponierende seiner Haltung verloren, war wieder Arrestant geworden, der es eng und unbehaglich hinter Schloß und Riegel findet, und von dem ewigen, neugierigen Auge in der Türöffnung gelangweilt ist. Und merkwürdig: Ebenso plötzlich hatte er vergessen, was er eben erst so deutlich und erhaben gesehen, und noch merkwürdiger: Er versuchte nicht einmal, daran zu denken. In lässiger Haltung, ohne die gewohnte Strammheit betrachtete er mit fremdem, Werner unähnlichem sanftem Lächeln Wände und Gitterstäbe. Und noch etwas Neues passierte Werner, was ihm noch nie geschehen: Er begann zu weinen. – Liebe Kameraden ..., flüsterte er und weinte heftig, ... liebe Kameraden ... Auf welch heimlichem Wege war er vom Gefühl der Überlegenheit und unbegrenzten

Freiheit zu diesem Ausbruch zärtlich leidenschaftlichen Mitleids gelangt? Er wußte es nicht und dachte nicht darüber nach. Beweinte er seine lieben Kameraden oder bargen seine Tränen noch etwas Höheres, Inbrünstigeres? Auch das wußte sein plötzlich auferstandenes, neu ergrünendes Herz nicht. Er weinte und flüsterte: – Liebe Kameraden ... meine lieben, lieben Kameraden ... In diesem bitterlich weinenden, unter Tränen lächelnden Menschen hätte niemand den stolzen, kalten, müden und unerschrockenen Werner wiedererkannt. Weder die Richter, noch die Kameraden, noch er selbst.

XI

Auf der Fahrt

Bevor die Verurteilten in die verschiedenen Kutschen verteilt wurden, führte man alle fünf in ein großes, kaltes Zimmer mit gewölbter Decke, das an eine leerstehende Kanzlei erinnerte. Man gestattete ihnen, miteinander zu sprechen. Nur Tanja Kowaltschuk machte sogleich von der Erlaubnis Gebrauch. Die anderen drückten sich abgewandten Blickes fest und schweigend die Hände, die kalt wie Eis und glühend heiß wie Feuer waren. Jetzt, als sie wieder zusammen waren, wurde das in der Einsamkeit Überstandene zu etwas Peinlichem, und jeder suchte dem Blick des anderen auszuweichen, um nicht das, was hinter ihm lag, zu verraten oder in den Augen des anderen zu lesen. Doch kaum hatten sich ihre Blicke getroffen, so lächelten sie – wurden einfach und natürlich wie früher. Keine Veränderung war eingetreten und wenn, so verteilte sie sich so gleichmäßig über alle, daß sie beim einzelnen nicht zu bemerken war. Sie bewegten sich eigentümlich schroff, ruckweise, bald zu langsam, bald zu schnell; dazwischen verschluckten sie die Hälfte eines Wortes oder wiederholten es mehreremal; dann wieder ließen sie einen angefangenen Satz unbeendet, glaubten ihn beendet und bemerkten es nicht. Alle blinzelten und betrachteten neugierig die gewöhnlichsten Dinge, ohne sie zu erkennen, wie Menschen, die lange Zeit eine Brille getragen und sie mit einemmal abgenommen haben. Alle mußten sich hin und wieder mal schnell umdrehen: Im Rücken schien sie jemand anzurufen, um ihnen etwas zu sagen. Aber auch das blieb unbemerkt. Mußjas und Tanja Kowaltschuks Wangen brannten, Ssergei war anfänglich etwas blaß, erholte sich aber und war bald wieder der Alte.

Nur Wassilij erregte durch sein schreckliches Aussehen, das sich auch hier im Freundeskreise nicht veränderte, aller Aufmerksamkeit. Von plötzlicher Gefühlsaufwallung übermannt, sagte Werner leise, mit zärtlicher Besorgnis zu Mußja:

– Was ist das mit Waßja? Sollte er am Ende? Was? Ich muß mit ihm sprechen. Wassilij schaute Werner an, als erkenne er ihn nicht, und schlug die Augen nieder. – Waßja, was hast du mit deinen Haaren gemacht? Was ist dir? Sei ruhig, mein Lieber, es ist ja gleich zu Ende. Man muß sich zusammennehmen, ja, ja, man muß. Wassilij schwieg. Schon glaubte man, er würde nichts erwidern, da mit einemmal kam dumpf und hohl die verspätete Antwort, wie aus einem Grabe, das auf wiederholte Anrufe zu reden beginnt: – Ich halte mich ja. – Und noch einmal: Ich halte mich ja. Werner freute sich. – Das ist brav, mein Junge! So ist's recht. Doch er begegnete dem dunkeln, wie aus weiter Ferne gerichteten Blick und empfand minutenlange Pein. Von wo kam der Blick? Von wo kamen die Worte? Und mit jener Innigkeit, mit der man nur zu einem Grabe spricht, sagte Werner: – Höre, Waßja, ich habe dich sehr, sehr lieb. – Und ich liebe dich auch sehr, antwortete die schwere Zunge.

Mit einem Male ergriff Mußja Werners Hand und sagte scharf betonend wie eine Schauspielerin auf der Bühne:

– Was höre ich, Werner? Du und lieben, das hat bisher noch niemand von dir gehört. Und warum bist du sanft und verklärt?

Und ebenso scharf betonend wie ein Schauspieler auf der Bühne, der sein Gefühl zum Ausdruck bringen will, sagte Werner, indem er Mußjas Hand preßte:

– Ja, ich liebe. Sage es niemand, es ist mir unangenehm. Aber ich liebe.

Ihre Blicke begegneten sich, flammten hell auf, und für einen Augenblick verblaßte alles um sie herum, wie beim Aufleuchten eines Blitzes alle anderen Lichter erlöschen, die gelbe Flamme einen Schatten über die Erde selbst zu werfen scheint.

– Ja, sagte Mußja, ja, Werner.

– Ja, antwortete er, ja, Mußja, ja!

In diesem Augenblicke wurde ein unerschütterlicher Bund besiegelt, und leuchtenden Auges in nochmaliger Aufwallung stürzte Werner auf Ssergei zu:

– Sseresha! Aber Tanja Kowaltschuk antwortete für ihn. Außer sich, fast weinend vor mütterlichem Stolz, schüttelte sie ohne Aufhören Ssergeis Hand. – Werner, hör'! Ich weine und vergehe vor Gram um ihn, und er – macht gymnastische Übungen! – Nach Müller? fragte Werner lächelnd. Ssergei zog die Stirne kraus. – Lach' ja nicht, Werner. – In Gemeinschaft miteinander schöpften sie von neuem Mut und Festigkeit, waren bald wieder die Alten, bemerkten aber auch dies nicht, glaubten, daß sie nie anders gewesen. Plötzlich unterbrach Werner sein Lachen und sagte sehr ernst: – Du hast recht, Sseresha, vollständig recht! – Nein, verstehe doch, freute sich Golowin. Natürlich müssen wir... Aber da forderte man sie auf, zu fahren, und war so liebenswürdig, ihnen zu gestatten, sich nach Wunsch paarweise in die Kutschen zu verteilen. Überhaupt war man sehr liebenswürdig, fast zu sehr: Versuchte, teils seine menschlichen Beziehungen zu betonen, teils zu zeigen, daß man an all dem ganz unbeteiligt sei, daß alles von selbst geschehe. War aber sehr blaß dabei.

– Du fährst mit ihm, Mußja. – Werner zeigte auf Wassilij, der regungslos dastand.

– Ich verstehe. Mußja nickte mit dem Kopf. Und du?

– Ich? Tanja mit Ssergei, du mit Waßja..., ich – allein. Das tut nichts. Du weißt, ich kann es.

Als sie auf den Hof hinaustraten, schlug ihnen die weiche Dunkelheit warm und feucht ins Gesicht, legte sich vor die Augen, auf die Brust, durchdrang milde läuternd den ganzen Körper. Kaum glaublich schien es, daß dieses Wunderbare nichts weiter als der Wind, der warme Frühlingswind sein sollte. Und die Frühlingsnacht, von unbegrenzter Weite, roch nach schmelzendem Schnee, war erfüllt vom Geräusch aufschlagender Tropfen. Hastig, eins das andere überholend, fallen die schnellen Tröpfchen und prägen gemeinsam ein helltönendes Lied; plötzlich versagt eine Stimme, alles vermischt sich in lustigem Geplätscher und eiligem Durcheinander. Dann wieder füllt langsam ein großer, strenger Tropfen, und von neuem beginnt das Prägen des hellen Frühlingsliedes. Über der Stadt, hoch über den Festungsdächern liegt der fahle Schein des elektrischen Lichtes. – U,–ach! seufzte Golowin tief auf und hielt den Atem an, als täte es ihm leid, die frische, schöne Luft aus den Lungen fortzugeben. – Ist schon lange so ein Wetter? erkundigte sich Werner. Der reine Frühling. – Erst den zweiten Tag, war die zuvorkommende Antwort. Sonst fror es wohl meist. Geräuschlos kamen eine nach der anderen die dunklen Kutschen vorgerollt, nahmen sie zu zweien auf und entschwanden in der Finsternis, dort, wo an der Pforte die große Laterne schaukelte. Graue Silhouetten – eine Eskorte Soldaten zu Pferde – ritten zu beiden Seiten jeder Equipage, hell klapperten die Pferdehufe auf den Steinen oder schlurrten durch den nassen Schnee. Als Werner sich bückte, um in die Kutsche zu steigen, sagte der Gendarm zögernd: – Da ist noch jemand, der mit Ihnen fährt. Werner war erstaunt. – Wohin? Wohin denn? Ach ja. Noch einer? Wer ist es denn? Der Soldat schwieg. Und wirklich drückte sich da im Dunkeln etwas Kleines, Regungsloses, aber Lebendiges in die Ecke – beim seitlichen Licht der Laterne sah man das Aufblitzen eines offenen Auges. Beim Hinsetzen stieß Werner gegen ein Knie. – Verzeihung, Kamerad! Der antwortete nicht. Erst als die Kutsche sich in Bewegung setzte, fragte er plötzlich stockend, in gebrochenem Russisch: – Wer sind Sie? – Ich bin Werner. Zum Tode am Galgen verurteilt, für das Attentat auf N. N. Und Sie? – Ich bin Janson. Man soll mich nicht hängen. Sie fuhren, um nach zwei Stunden dem großen unaufgedeckten Geheimnis Auge in Auge gegenüberzustehen, vom Leben zum Tode einzugehen und – wurden bekannt miteinander. Nebeneinander lagen Leben und Tod, und bis zum Schluß, bis in die kleinste, lächerlichste Einzelheit blieb das Leben Leben. – Und was haben Sie getan, Janson? – Ich habe meinen Wirt mit dem Messer erstochen. Geld gestohlen. Nach seiner Stimme zu urteilen, war Janson im Einschlafen begriffen. Werner fand im Dunkeln die schlaffe Hand und drückte sie. Janson zog sie träge zurück. – Hast du Angst? fragte Werner. – Ich will nicht. Sie schwiegen. Werner fand wieder die Hand des Esten und preßte sie fest zwischen seinen trockenen, glühendheißen Fingern. Sie lag leblos wie ein Brettchen und zog sich nicht mehr zurück. In der Kutsche war es eng und beklommen. Es roch muffig nach Soldatentuch, Pferdemist und nassen Stiefeln. Der jugendliche Gendarm, der Werner gegenüber saß, blies ihn mit tabak- und knoblauchgeschwängertem Atem an. Durch einige Ritzen drang die frische, herbe Luft herein, wodurch in diesem kleinen, stickigen, vorwärtseilenden Kasten der Frühling noch fühlbarer war als draußen. Die Kutsche bog bald nach rechts, bald nach links ein, schien umzukehren, und dazwischen war es, als führen sie stundenlang auf einem Flecke herum. Anfangs schimmerte durch die heruntergelassenen dichten Fenstervorhänge das bläuliche Licht der elektrischen Laternen; dann mit einemmal wurde es ganz dunkel, und daraus konnten sie schließen, daß man sich in einer entlegenen Vorstadtstraße befand und sich dem S.schen Bahnhof näherte. Bei einer plötzlichen Wendung stieß Werners Knie an das lebendige, gebogene Knie seines Gegenübers, und der Gedanke an die Hinrichtung erschien ganz unmöglich. – Wohin fahren wir? fragte Janson. Ihm schwindelte vom beständigen Kehren und Wenden im dunkeln Kasten, so daß ihm ganz übel wurde. Werner antwortete dem Esten und drückte ihm fest die Hand. Er wollte diesem kleinen, verschlafenen Menschen etwas besonders Freundschaftliches, Zärtliches sagen – denn schon liebte er ihn, wie sonst niemanden auf der Welt. – Du sitzt gewiß schlecht, mein Lieber. Rück näher zu mir. Janson schwieg eine Weile, dann entgegnete er: – Nun, danke, es ist schon gut. Wird man dich auch hängen? – Ja, mich auch, antwortete Werner unerwartet lustig, beinahe lachend und machte eine ungezwungene Handbewegung. Als wäre von einem dummen, albernen Streich die Rede, den ihm sehr liebe, aber schrecklich lächerliche Menschen spielen wollten. – Hast du eine Frau? fragte Janson. – Nein! Was sollte ich mit einer Frau! Ich stehe ganz allein. – Ich auch, sagte Janson. Werners Kopf fing an, sich zu drehen. Ein paar Minuten lang schien es ihm, als fuhren sie zu einem Fest; merkwürdig, fast alle, die zur Hinrichtung fuhren, halten dieselbe Empfindung, und neben der Qual und dem Grauen freuten sie sich unklar auf das Ungewöhnliche, das in kurzem mit ihnen geschehen würde. Die Wirklichkeit berauschte sich am Wahnsinn. Mit dem Leben Abrechnung haltend, gebar der Tod Gespenster. Sehr möglich, daß die Häuser geflaggt hatten. – Angekommen, sagte Werner erfreut und neugierig, als die Kutsche hielt, und sprang leicht hinaus. Mit Janson dauerte es länger; schweigend und träge stemmte er sich gegen die Wagentür und wollte nicht aussteigen. Er hielt sich am Griff, der Gendarm bog die kraftlosen Finger auseinander und riß die Hand los; er griff in die Ecke, nach der Tür, dem hohen Rad, aber bei der geringsten Anstrengung des Gendarms ließ er los. Eigentlich hielt er sich nicht an den Gegenständen, sondern klebte daran und ließ sich mühelos abreißen. Endlich erhob er sich. Die Häuser hatten nicht geflaggt. Nächtlich dunkel, still und menschenleer, stand der Bahnhof. Personenzüge gingen keine mehr, und für den Zug, der dort auf dem Geleise schweigend seine Passagiere erwartete, bedurfte es keiner hellen Beleuchtung, keines geschäftigen Hin und Hers. Plötzlich übermannte Werner die Langeweile. Nicht Furcht, nicht Seelenqual, nein, Langeweile, jene peinigende, drückende Langeweile, die einen treibt, sich niederzulegen und fest die Augen zu schließen. Werner reckte sich und gähnte anhaltend. Auch Janson gähnte, schnell ein paarmal nach der Reihe. – Wenn es doch schneller..., sagte Werner müde. Janson schwieg und kroch in sich zusammen. Als die Verurteilten auf dem menschenleeren, von Soldaten abgesperrten Bahnsteig zu den matt erleuchteten Waggons gingen, befanden sich Werner und Ssergei Golowin dicht nebeneinander. Ssergei sagte etwas, indem er mit dem Finger zur Seite wies, und deutlich vernahm man das Wort »Laterne«, der Rest ging in langes müdes Gähnen über. – Was sagst du da? fragte Werner ebenso gähnend. – Die Laterne dort. Die Lampe in der Laterne blakt, sagte Ssergei. Werner sah sich um: Wirklich, die Lampe blakte, und schon war das Glas oben ganz schwarz geworden. – Ja, sie blakt. Dann besann er sich: Was ging es ihn an, daß die Lampe blakt, wo ... Dasselbe schien auch Ssergei zu denken. Er blickte Werner einen Moment an und wandte sich ab. Aber beide gähnten nicht mehr. Alle bestiegen allein den Wagen, nur Janson mußte am Arm geführt werden. Anfangs stemmte er sich mit den Füßen dagegen und schien an den Perronbrettern zu kleben, dann knickten die Knie ein, und er blieb in den Armen der Gendarmen hängen; mit den Zehen über das Holz schurrend, schleppten seine Füße nach, wie bei einem stark Betrunkenen. Es dauerte lange, bis man ihn schweigend durch die Tür schob. Auch Wassilij Kaschirin ging allein. Unbewußt ahmte er die Bewegungen der Kameraden nach – machte alles genau so wie sie. Auf der Plattform des Waggons glitt er aus. Um ihn zu stützen, griff der Gendarm nach seinem Ellenbogen. Wassilij zuckte zusammen und stieß, sich losreißend, einen durchdringenden Schrei aus: – Ai! – Waßja, was fehlt dir? Werner stürzte auf ihn zu. Wassilij bebte am ganzen Körper. Verwirrt, fast bekümmert erklärte der Gendarm: – Ich wollte ihn nur halten, aber er... – Komm, Waßja, ich stütze dich, sagte Werner und wollte ihn unter den Arm nehmen. Wassilij zog den Arm zurück und schrie noch lauter: – Ai! – Waßja, ich bin es ja, ich, Werner. – Ich weiß. Rühr' mich nicht an. Ich gehe allein. Immer noch zitternd, trat er allein in den Waggon und setzte sich in eine Ecke. Werner beugte sich zu Mußja und fragte leise mit einem Blick auf Wassilij:

– Nun, wie war es?

– Schlimm, gab Mußja ebenso leise zurück, er ist schon tot.

– Sag' mir, Werner, gibt es einen Tod?

– Ich weiß es nicht, Mußja. Aber ich glaube nicht, sagte Werner ernst und nachdenklich.

– Das denke ich auch. Aber Wassilij? In der Kutsche habe ich mich so mit ihm abgequält. Ich fuhr wie mit einem Toten.

– Ich weiß es nicht, Mußja. Vielleicht für einige wohl – jetzt eben – aber später nicht mehr. Auch für mich existierte er. Aber jetzt nicht mehr.

Mußjas blasse Wangen flammten auf.

– Für dich, Werner? Für dich ...?

– Ja, für mich. Jetzt ist er nicht mehr da, ebenso wie für dich.

In der Waggontür wurde es laut. Stampfend, schnaufend und spuckend trat Mischka, der Zigeuner, ein. Wild blickte er um sich und blieb eigensinnig stehen.

– Kein Platz, Gendarm, schrie er dem müden, böse dreinschauenden Schutzmann zu. Sorge dafür, daß ich es bequem habe, sonst fahre ich nicht mit. Häng' mich lieber gleich dort an dem Laternenpfahl auf ... und die Kutsche, in der ich sitzen mußte – war das eine Kutsche?! Des Teufels Schlund, aber keine Kutsche!

Plötzlich senkte er den Kopf, reckte den Hals und trat vor. Von struppigem Haar und Bart umrahmt, rollten wild und scharf die schwarzen Augen, aus denen die Spuren des Wahnsinns sprachen.

– Ha! was ist denn das?! Lauter feine Leute! Guten Tag, Herr!

Er reichte Werner die Hand und setzte sich ihm gegenüber. Ganz nahe zu ihm vorgebeugt, kniff er das eine Auge zu und führte mit einer schnellen Bewegung die Hand zum Halse.

– Auch? Was?

– Auch, lächelte Werner.

– Doch nicht alle?

– Ja, alle.

– Oho! Mischka fletschte die Zähne und überflog alle mit einem Blick, wobei sein Auge eine Sekunde länger auf Mußja und Janson ruhte.

Wieder zwinkerte er Werner zu.

– Den Minister? – Ja. Und du? – Ich, Herr, für eine andere Sache. Wie kommt unsereiner zu einem Minister! Ich bin ein gewöhnlicher Raubmörder. Tut nichts, Herr, rück' ein wenig weiter, hab' mich nicht aus eigenem Antriebe eurer Gesellschaft aufgedrängt. In der andern Welt ist für uns alle Platz genug. Wieder streifte er, unter dem buschigen Haar hervor, alle mit schnellem, mißtrauischem Blick. Sie sahen ihn schweigend und ernst, sogar mit sichtbarer Teilnahme an, Mischka grinste und schlug Werner ein paarmal aufs Knie. – So geht's, Herr! Wie heißt es doch im Liede: Rausch' nicht Eichenwald, mein Mütterchen...[9] – Warum nennst du mich Herr, wo wir doch alle... – Stimmt! Mischka war mit Vergnügen dabei. Was für ein Herr bist du, wenn du neben mir baumeln wirst. Der da, das ist ein Herr, – er zeigte mit dem Finger auf den schweigsamen Gendarm. – Eh, aber dieser hier, fuhr er mit einem Blick auf Wassilij fort, ist nicht schlechter als unsereins. Herr, was, Herr, fürchtest du dich?

– Nein, antwortete die schwere Zunge.

– Nun, wieso denn »nein«. Brauchst dich nicht zu schämen. Nur ein Hund wedelt mit dem Schwanze und tut freundlich, während man ihn zum Hängen führt, aber du bist ein Mensch, und was ist denn das für ein Tölpel? Der gehört nicht zu euch.

Er rollte die Augen schnell hin und her und spuckte unaufhörlich und geräuschvoll den zusammenlaufenden süßlichen Speichel auf den Boden.

Janson saß wie ein lebloser Knäuel in die Ecke gedrückt und erwiderte nichts. Nur ganz leise zitterten die Ohrklappen an seiner Pelzmütze.

– Er hat seinen Wirt erstochen, antwortete Werner für ihn.

---

[9] Aus dem früher erwähnten Räuberlied.

– O Gott! wunderte sich Mischka. Und so einem erlaubt man, Menschen abzustechen.

Die ganze Zeit hatte Mischka zu Mußja hinübergeschielt. Jetzt drehte er sich schnell um und starrte ihr fest und gerade ins Gesicht.

– Fräulein! he, Fräulein! Was sind Sie denn für eine! Rote Wangen und lacht! Guck, sie lacht wirklich! Wie eiserne Klammern packten seine Finger Werners Knie. Guck doch nur!

Errötend und verlegen lächelnd, schaute Mußja ebenso gerade in die scharfen, fragenden Augen mit den Spuren des Wahnsinns darin.

Alle schwiegen.

Schnell und geschäftig stampften die Räder, die kleinen Waggons hüpften auf dem schmalen Geleise und hasteten eifrig vorwärts. Bei jeder Kurve oder Überfahrt pfiff die Lokomotive dünn und geschäftig: Der Maschinist fürchtete, jemand zu überfahren. Zu toll war der Gedanke, daß es zum Hängen von Menschen so viel gewöhnlicher, menschlicher Genauigkeit, Geschäftigkeit bedurfte, daß das Allersinnloseste auf der Welt einen so einfachen und vernünftigen Anstrich hatte. Die Waggons liefen, drin saßen Menschen, wie sie immer sitzen, fuhren, wie man immer fährt. Dann kommt eine Station, und wie gewöhnlich heißt es »fünf Minuten Aufenthalt«.

Und dort kommt der Tod – die Ewigkeit– das große Mysterium.

XII

Angekommen

Eifrig hasteten die Waggons.

Ein paar Sommer nach der Reihe hatte Ssergei Golowin mit den Eltern auf einer Villa an dieser Bahnstrecke verlebt, hatte diese Linie häufig tags oder nachts befahren und kannte sie sehr genau. Wenn er jetzt die Augen schloß, konnte er glauben, daß er nach Hause fahre, sich in der Stadt bei Bekannten verspätet habe und mit dem letzten Zuge zurückkehre.

– Jetzt geht's schnell, sagte er, die Augen aufschlagend, und blickte auf das dunkle, vergitterte, nichtssagende Fenster.

Niemand regte sich, niemand antwortete ihm, nur Mischka spuckte ein über das andere Mal den süßlichen Speichel aus und ließ tastend den Blick über Fenster, Türen und die Soldaten gleiten.

– Es ist kalt, sagte Wassilij Kaschirin mit steifen, erfrorenen Lippen.

– Da hast du ein Tuch, sagte Tanja Kowaltschuk; binde es um den Hals. Das Tuch ist sehr warm. – Um den Hals, fragte Ssergei unwillkürlich und erschrak selbst über die Frage. Da aber alle das gleiche dachten, hörten sie ihn nicht – als hätte niemand etwas gesagt oder alle auf einmal dasselbe. – Schadet nichts, Waßja, binde es nur um. Du wirst es wärmer haben, riet ihm Werner. Dann wandte er sich an Janson und fragte besorgt: – Hast du nicht kalt, mein Lieber? – Vielleicht möchte er rauchen, Werner. Sie wollen bestimmt rauchen, Kamerad? fragte Mußja. – Ja, ich will. – Gib ihm eine Zigarette, Sseresha, sagte Werner erfreut. Ssergei hatte ihm bereits eine gereicht. Und alle schauten teilnehmend zu, wie Jansons Finger die Zigarette ergriffen, das Zündhölzchen aufbrannte und Rauch aus Jansons Munde kam. – Nu danke, sagte er. – Wie sonderbar, bemerkte Ssergei. – Was ist sonderbar, wandte sich Werner an ihn, was ist sonderbar?

– Die Zigarette da.

Er hielt eine Zigarette, eine gewöhnliche Zigarette zwischen gewöhnlichen, lebendigen Fingern und schaute blaß und verwundert, wie mit Entsetzen darauf hin. Und alle starrten auf das feine Röhrchen, aus dessen einem Ende streifiger, sich leise kräuselnder Rauch aufstieg, vom menschlichen Atem zur Seite getrieben. Immer dunkler wurde die sich mehrende Asche. Die Zigarette erlosch.

– Aus, sagte Tanja.

– Ja, aus ...

– Nun, zum Teufel mit dir, sagte Werner stirnrunzelnd und schaute beunruhigt auf Janson, dessen Hand mit der Zigarette leblos herabhing. Plötzlich drehte sich Mischka um und flüsterte ganz dicht zu Werner gebeugt, wobei er wie ein Pferd das Weiße des Auges herauskehrte:

–Herr, wie wär's, wenn wir die Soldaten? ... Diesen da ... was? versuchen wir's ...?

– Es hat keinen Sinn, antwortete Werner ebenso im Flüsterton. Man muß den Becher bis auf die Neige leeren.

– Aber warum? Im Handgemenge ist es lustiger. Ich ihn, er mich, und man weiß selbst nicht, wie es endet. Als ob man gar nicht gestorben wäre. – Nein, es hat keinen Zweck, sagte Werner und wandte sich an Janson: – Warum rauchst du nicht, mein Lieber? Plötzlich wurde Jansons verschrumpftes Gesicht kläglich, weinerlich; wie durch heimliche Fäden in Bewegung gesetzt, verzogen sich alle Runzeln und Fältchen. Und ohne Tränen schluchzte er mit trockener, fast unkenntlicher Stimme: – Ich will nicht rauchen. Ag-cha – ag-cha, ag-cha. Man soll mich nicht hängen. Ag-cha, ag-cha, ag-cha... Man bemühte sich um ihn. Tanja Kowaltschuk streichelte ihm weinend den Arm und rückte die hängenden Ohrklappen seiner schäbigen Mütze zurecht. – Wein' doch nicht, mein Lieber... Du bist ja mein liebes, gutes Kind ... Mein armes Kind... Mußja sah zur Seite. Mischka fing ihren Blick aus und grinste. – Komischer Kerl, was ...? Trinkt Tee, aber der Bauch bleibt kalt, sagte er mit kurzem Auflachen. Dabei wurde sein Gesicht blauschwarz wie Gußeisen, und die großen gelben Zähne blitzten.

Plötzlich zuckten die Waggons zusammen und verlangsamten fühlbar den Lauf. Alle außer Janson und Kaschirin waren aufgesprungen und setzten sich gleich wieder.

– Die Station! sagte Ssergei.

Als hatte man auf einmal alle Luft aus dem Waggon herausgelassen, so schwer wurde das Atmen. Das erweiterte Herz drohte die Brust zu sprengen, stieg bis in den Hals, sprang wild umher, schrie laut auf vor Entsetzen mit blutgetränkter Stimme. Das Auge starrte zur erzitternden Diele, das Ohr lauschte, wie die Räder immer langsamer rollten – glitschten – noch eine Umdrehung machten – stillstanden. Der Zug hielt.

Jetzt verwandelte sich alles in einen Traum. Nicht daß es schrecklich gewesen wäre, nur phantastisch, unwirklich, fremd. Der Träumende selbst stand abseits, und nur sein Geist bewegte sich körperlos, sprach lautlos, schritt geräuschlos. litt ohne Qualen. Im Traum traten sie aus dem Waggon, bildeten Paare, atmeten die frische Waldfrühlingslufi ein. Im Traum widersetzte sich Janson stumpf und kraftlos, und schweigend zog man ihn aus dem Waggon. Sie stiegen die Stufen hinab. – Zu Fuß? fragte jemand fast heiter. – Es ist nicht weit – antwortete jemand andres fast ebenso heiter. Dann ging man in großem, schwarzem, schweigendem Haufen durch den Wald, auf schlecht eingefahrenem, nassem, aufgeweichtem Frühlingswege. Vom Walde, vom Schnee schlug ihnen die frische, kräftige Luft entgegen, die Füße glitten häufig im Schnee aus, und die Hand faßte unwillkürlich nach einer Stütze; keuchend und schwerfällig stapften nebenher die Soldaten durch den tiefen Schnee. Eine Stimme sagte ärgerlich: – Warum sind die Wege nicht besser gebahnt? Man kann sich ja die Beine brechen. Jemand rechtfertigte sich schuldbewußt: – Sie sind gebahnt, Euer Hochwohlgeboren. Es taut, da ist nichts zu machen. Das Bewußtsein kehrte wieder, nicht mit einem Schlage, langsam, stoßweise. Und eifrig wiederholte der halbwache Sinn: Ja wirklich, warum waren die Wege nicht besser gebahnt?

Bald erlosch alles und nur der Geruch blieb zurück: dieser überwältigend scharfe Geruch des Waldes, des tauenden Schnees; dann wieder wurde alles unheimlich deutlich: der Wald, die Nacht, der Weg und nach ein paar Minuten die Hinrichtung, und Bruchstücke eines Gespräches wurden vernehmbar:

– Es ist bald vier.

– Ich sagte doch, wir sind zu früh hinausgefahren.

– Um fünf wird es hell ...

– Um ja, um fünf. Da mußte man doch ...

Auf einer Waldwiese machte man Halt. In einiger Entfernung, hinter den spärlichen, winterlich kahlen Bäumen, schwankten lautlos zwei Laternchen: Dort stand der Galgen.

– Ich habe einen Galoschen verloren, sagte Ssergei Golowin.

– Was? – Werner verstand ihn nicht.

– Ich habe einen Galoschen verloren. Es ist kalt.

– Wo ist Wassilij?

– Weiß nicht. Da steht er. Schwarz und regungslos stand Wassilij. – Und wo ist Mußja? – Hier bin ich. Bist du es, Werner? Sie fanden sich zusammen, schauten sich an und vermieden es, zu der Seite zu sehen, wo sich stumm und entsetzlich vielsagend die Laternchen hin und her bewegten. Weiter nach links wurde der entlaubte Wald lichter, etwas Großes, Weißes, Flaches schimmerte zwischen den Bäumen. Von dort wehte ein feuchter Wind. – Das Meer! sagte Ssergei Golowin, mit Nase und Mund die feuchte Luft einatmend. – Dort ist das Meer. Mußja rief hell: – Weit wie das Meer ist meine Liebe...! – Was machst du, Mußja!? – Weit wie das Meer ist meine Liebe. Die Ufer des Lebens umschließen sie nicht!... – Weit wie das Meer ist meine Liebe, sagte Ssergei Golowin gedankenvoll, vom Klang der Stimme und von den Worten mit fortgerissen. – Weit wie das Meer ist meine Liebe, wiederholte auch Werner; und plötzlich fügte er erstaunt hinzu: Wie jung bist du noch, Mußja! Da vernahm Werner dicht bei seinem Ohr heiseres, ersticktes Geflüster.

Es war Mischka, der Zigeuner.

– Herr, was Herr, das ist der Wald und da, mein Gott, was ist das! Dort wo die Laternchen – ist das der Galgen? Was, Herr?

Werner sah sich um – Mischka wand sich in tödlicher Qual.

– Wollen wir Abschied nehmen, sagte Tanja Kowaltschuk.

– Wart. Das Todesurteil wird noch einmal verlesen, antwortete Werner.

– Aber wo ist Janson?

Janson lag auf dem Schnee. Einige Gestalten waren um ihn beschäftigt, Und plötzlich roch es scharf nach Salmiak.

– Was fehlt ihm, Doktor? Wird's bald? fragte jemand ungeduldig.

– Nichts, eine gewöhnliche Ohnmacht. Reibt ihm die Ohren mit Schnee. Er kommt schon zu sich. Man kann lesen.

Das Licht einer Blendlaterne fiel auf das Papier und die weißen Hände ohne Handschuhe. Eins sowohl wie das andere zitterte; auch die Stimme zitterte:

– Meine Herren, vielleicht braucht das Todesurteil nicht verlesen zu werden. Sie kennen es ja alle. Was meinen Sie? – Nicht lesen, antwortete Werner für die anderen und das Laternchen erlosch sofort. Auch den Geistlichen beanspruchte niemand. Eilig trat der dunkle, breite Schatten zurück und verschwand im Hintergrunde. Der Morgen graute, der Schnee wurde weißer, die Gestalten dunkler, der Wald immer dünner, trauriger, gewöhnlicher. – Meine Herren, Sie müssen zu zweien gehen. Sie können sich zu Paaren aufstellen, wie Sie wollen. Nur bitte, sich zu beeilen. Werner zeigte auf Janson, der bereits aufrecht stand, von zwei Gendarmen gestützt. – Ich gehe mit ihm. Und du, Ssergei, mit Wassilij. Geht voran! – Gut. – Wir gehen zusammen, Mussetschka? fragte Tanja Kowaltschuk. Geben wir uns einen Kuß! Sie küßten sich alle. Mischka küßte fest, daß man die Zähne fühlte, Janson schlaff und träge, mit halb offenem Munde; übrigens schien er nicht zu verstehen, was mit ihm vorging. Als Ssergei Golowin und Kaschirin schon ein paar Schritt gegangen waren, blieb Kaschirin plötzlich stehen und sagte laut und deutlich, aber mit fremder, unkenntlicher Stimme: – Lebt wohl, Kameraden!

– Leb' wohl, Kamerad! rief man ihm nach.

Sie waren gegangen. Es wurde still. Die Laternchen hinter den Bäumen standen unbeweglich. Man erwartete einen Aufschrei, einen Laut, irgendein Geräusch – aber es blieb dort ebenso still, wie es überall war, und unbeweglich schimmerten die gelben Laternchen.

– Ach mein Gott, ächzte jemand. Sie sahen sich um: es war Mischka, der sich in Todesqualen wand. – Man hängt sie! Man hängt sie!

Sie wandten sich ab und wieder wurde es still. Mischka krümmte sich, mit den Händen in die Luft greifend.

– Wie denn das, Herrschaften? Ich allein? In Gesellschaft ist es gemütlicher. Was, Herrschaften?

Er faßte, gleichsam spielend, Werners Hand.

– Lieber Herr, geh' doch mit mir, was? Hab' Erbarmen! Sag' nicht nein!

– Ich kann nicht, Lieber, ich gehe mit dem da. – Ach Du! Mein Gott! Also allein. Wie denn das? O Gott! Mußja trat vor und sagte leise: Ich gehe mit dir. Mischka prallte zurück und rollte wild mit den Augäpfeln. – Du? – Ja. – Sieh mal an, diese Kleine! Fürchtest du dich nicht? Sonst geh' ich lieber allein, was ist denn auch dabei! – Nein, ich fürchte mich nicht. Mischka grinste. – Ich bin ein Raubmörder. Ekelt dir nicht? Dann nicht. Ich nehme es dir nicht übel. Mußja schwieg, und bei dem schwachen Schein der Morgendämmerung sah ihr Gesicht blaß und seltsam verändert aus. Dann trat sie schnell auf Mischka zu, legte den Arm um seinen Hals und küßte ihn fest auf die Lippen. Er packte sie an den Schultern, schob sie von sich, schüttelte sie und küßte sie laut schmatzend auf Lippen, Augen und Nase. – Komm!

Plötzlich wankte der zunächst stehende Soldat und ließ die Flinte fallen. Er bückte sich nicht, um sie aufzuheben, stand einen Augenblick wie angewurzelt, wandte sich kurz um und schritt wie ein Blinder durch den tiefen Schnee in den Wald.

– Wohin? flüsterte der andere erschrocken. Halt!

Der Soldat stapfte ebenso schweigend und schwerfällig weiter; schien über etwas zu stolpern, schlug mit der Hand durch die Luft und fiel vornüber aufs Gesicht. So blieb er liegen.

– Heb' die Flinte auf, Sauertopf! Sonst nehme ich sie, drohte Mischka. – Kennst nicht mal deinen Dienst.

Wieder tanzten die Laternchen geschäftig hin und her.

Jetzt war die Reihe an Werner und Janson.

– Leb' wohl, Herr, sagte Mischka laut. – In jener Welt werden wir uns kennen. Wenn du mich siehst, wende dich nicht ab. Und bring' mir mal Wasser zu trinken. – Heiß wird's da sein!

– Leb' wohl! –

– Ich will nicht, sagte Janson träge. Aber Werner faßte ihn an der Hand, und ein paar Schritte ging der Este selbst. Dann sah man, wie er stehen blieb und auf den Schnee fiel. Man beugte sich über ihn, hob ihn auf und trug ihn fort. Nur schwach wehrte er sich in den starken Armen. Warum schrie er nicht? Er hatte wohl vergessen, daß er eine Stimme besaß. Und wieder standen die gelben Laternchen still. – Und ich allein, Mussetschka, sagte Tanja Kowaltschuk traurig. – Zusammen haben wir gelebt und jetzt... – Tanjetschka, Liebste ... Aber energisch trat Mischka dazwischen und Mußjas Hand ergreifend, als fürchte er, man könne sie ihm doch noch entreißen, sagte er schnell und geschäftig: – Ach, Fräulein, du kannst schon allein, du hast eine reine Seele, du kommst allein hin, wohin du willst. Verstehst du? Aber ich nicht. Ich bin ein Räuber – verstehst du? da ist's unmöglich allein. Wohin kriechst du, Mordgeselle? wird man sagen. Ich habe auch Pferde gestohlen, bei Gott. Aber mit ihr gehe ich wie mit einem Neugeborenen auf dem Arm. Verstehst du? Hast du mich verstanden?

– Ich habe dich verstanden. Nichts zu machen. Geht nur, geht. Komm, ich küsse dich noch einmal, Mussetschka...

– Küßt euch, küßt euch, sagte Mischka aufmunternd zu den Frauen. – Das ist Weibersache. Man muß sich gut verabschieden.

Mußja und der Zigeuner setzten sich in Bewegung. Die Frau ging vorsichtig, dazwischen ausgleitend, nach alter Gewohnheit den Rock raffend, und fest untergefaßt, den Weg mit dem Fuße prüfend, führte sie der Mann zum Tode.

Die Lichtchen standen. Still und leer war es um Tanja Kowaltschuk. Die Soldaten schwiegen, standen grau und farblos in der Dämmerung des anbrechenden Tages.

– Nur ich allein, sagte Tanja Kowaltschuk und seufzte. – Sseresha ist tot, Werner ist tot und Waßja. Nur ich allein. Soldaten, ach Soldaten! Ich allein ... allein ...

Über dem Meer ging die Sonne auf.

Man legte die Leichname in einen Kasten. Dann führte man sie fort. Mit langgezogenen Hälsen, wild hervorstehenden Augen, gequollener blauer Zunge, die mit blutigem Schaum betaut, wie eine schreckliche fremde Blume aus den Lippen herauswuchs – wurden die Menschen denselben Weg zurückgebracht, den sie lebendig selbst gekommen waren. Ebenso weich und naß war der tauende Frühlingsschnee, ebenso frisch und kräftig die laue Frühlingsluft. Schwarz lag mitten im Schnee Ssergeis nasser, ausgetretener Galoschen. Also grüßten die Menschen die aufgehende Sonne.

Ende

Über tredition

Eigenes Buch veröffentlichen

tredition wurde 2006 in Hamburg gegründet und hat seither mehrere tausend Buchtitel veröffentlicht. Autoren veröffentlichen in wenigen leichten Schritten gedruckte Bücher, e-Books und audio-Books. tredition hat das Ziel, die beste und fairste Veröffentlichungsmöglichkeit für Autoren zu bieten.

tredition wurde mit der Erkenntnis gegründet, dass nur etwa jedes 200. bei Verlagen eingereichte Manuskript veröffentlicht wird. Dabei hat jedes Buch seinen Markt, also seine Leser. tredition sorgt dafür, dass für jedes Buch die Leserschaft auch erreicht wird.

Im einzigartigen Literatur-Netzwerk von tredition bieten zahlreiche Literatur-Partner (das sind Lektoren, Übersetzer, Hörbuchsprecher und Illustratoren) ihre Dienstleistung an, um Manuskripte zu verbessern oder die Vielfalt zu erhöhen. Autoren vereinbaren direkt mit den Literatur-Partnern die Konditionen ihrer Zusammenarbeit und partizipieren gemeinsam am Erfolg des Buches.

Das gesamte Verlagsprogramm von tredition ist bei allen stationären Buchhandlungen und Online-Buchhändlern wie z. B. Amazon erhältlich. e-Books stehen bei den führenden Online-Portalen (z. B. iBookstore von Apple oder Kindle von Amazon) zum Verkauf.

Einfach leicht ein Buch veröffentlichen: **www.tredition.de**

Eigene Buchreihe oder eigenen Verlag gründen

Seit 2009 bietet tredition sein Verlagskonzept auch als sogenanntes "White-Label" an. Das bedeutet, dass andere Unternehmen, Institutionen und Personen risikofrei und unkompliziert selbst zum Herausgeber von Büchern und Buchreihen unter eigener Marke werden können. tredition übernimmt dabei das komplette Herstellungs- und Distributionsrisiko.

Zahlreiche Zeitschriften-, Zeitungs- und Buchverlage, Universitäten, Forschungseinrichtungen u.v.m. nutzen diese Dienstleistung von tredition, um unter eigener Marke ohne Risiko Bücher zu verlegen.

Alle Informationen im Internet: **www.tredition.de/fuer-verlage**

tredition wurde mit mehreren Innovationspreisen ausgezeichnet, u. a. mit dem Webfuture Award und dem Innovationspreis der Buch Digitale.

tredition ist Mitglied im Börsenverein des Deutschen Buchhandels.

Dieses Werk elektronisch lesen

Dieses Werk ist Teil der Gutenberg-DE Edition DVD. Diese enthält das komplette Archiv des Projekt Gutenberg-DE. Die DVD ist im Internet erhältlich auf **http://gutenbergshop.abc.de**

Zeitfracht Medien GmbH
Ferdinand-Jühlke-Straße 7
99095 Erfurt, Deutschland
produktsicherheit@kolibri360.de